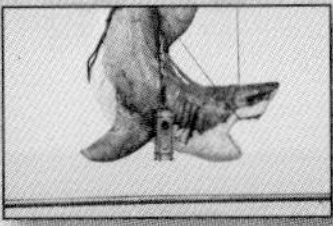

展望デッキ

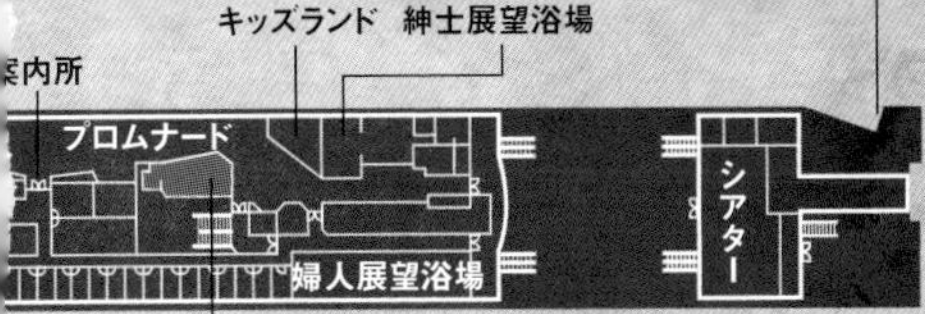

売店／写真コーナー

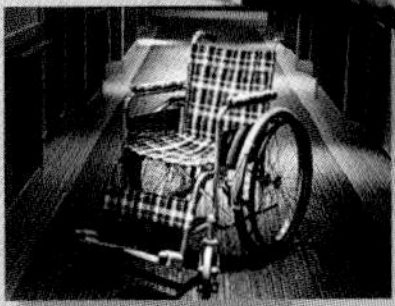

客室

413号室

早川《はやかわ》教授（酒向 芳）

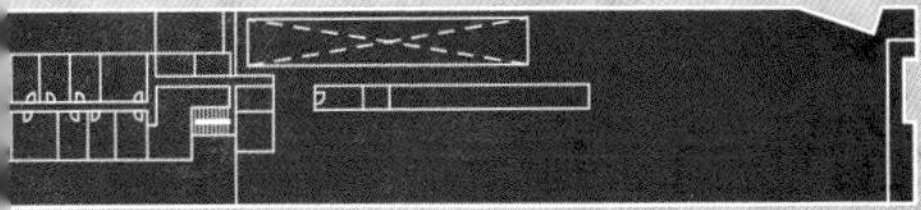

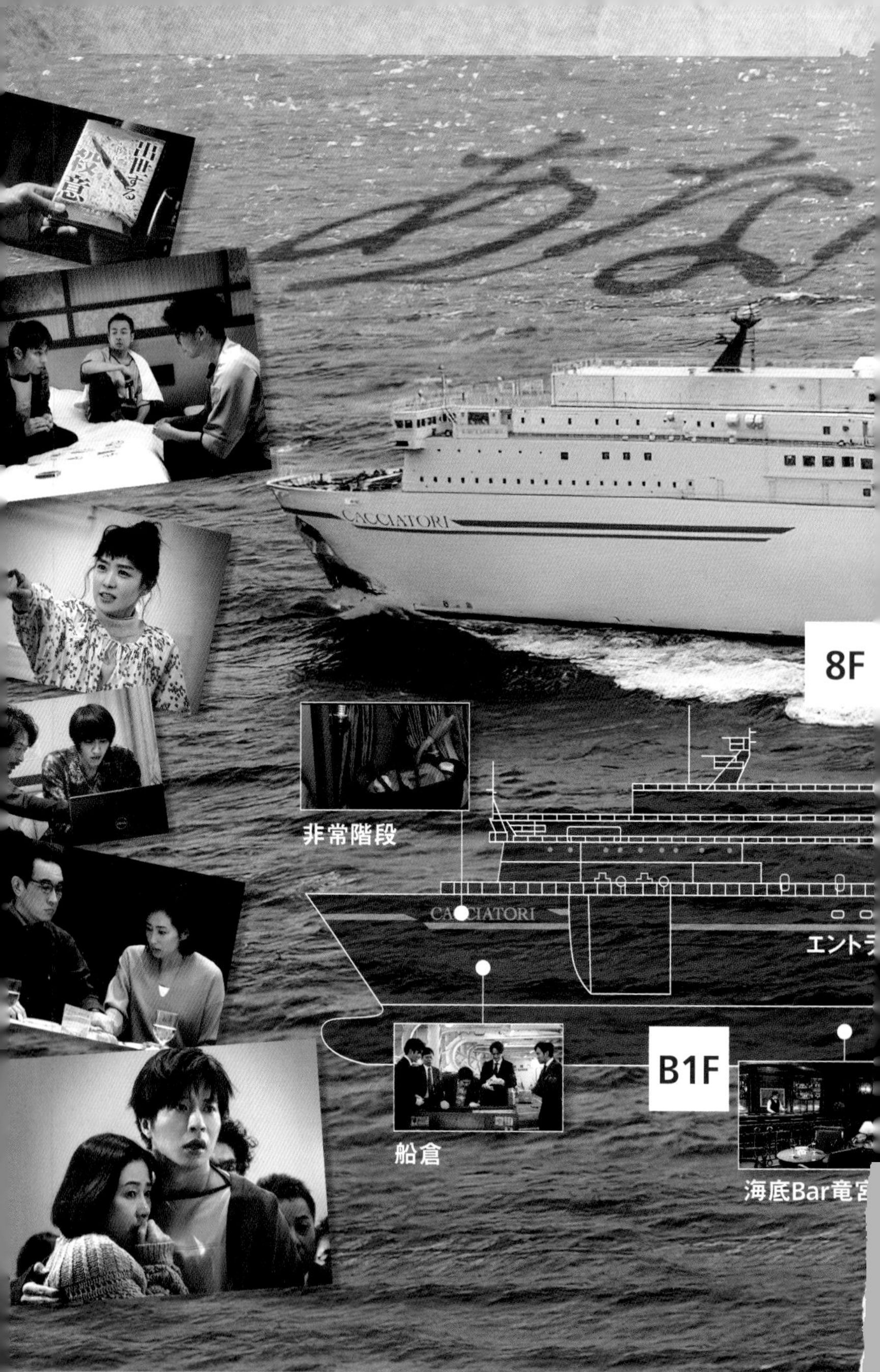
出世する殺意
CACCIATORI
8F
非常階段
CACCIATORI
B1F
船倉
海底Bar竜

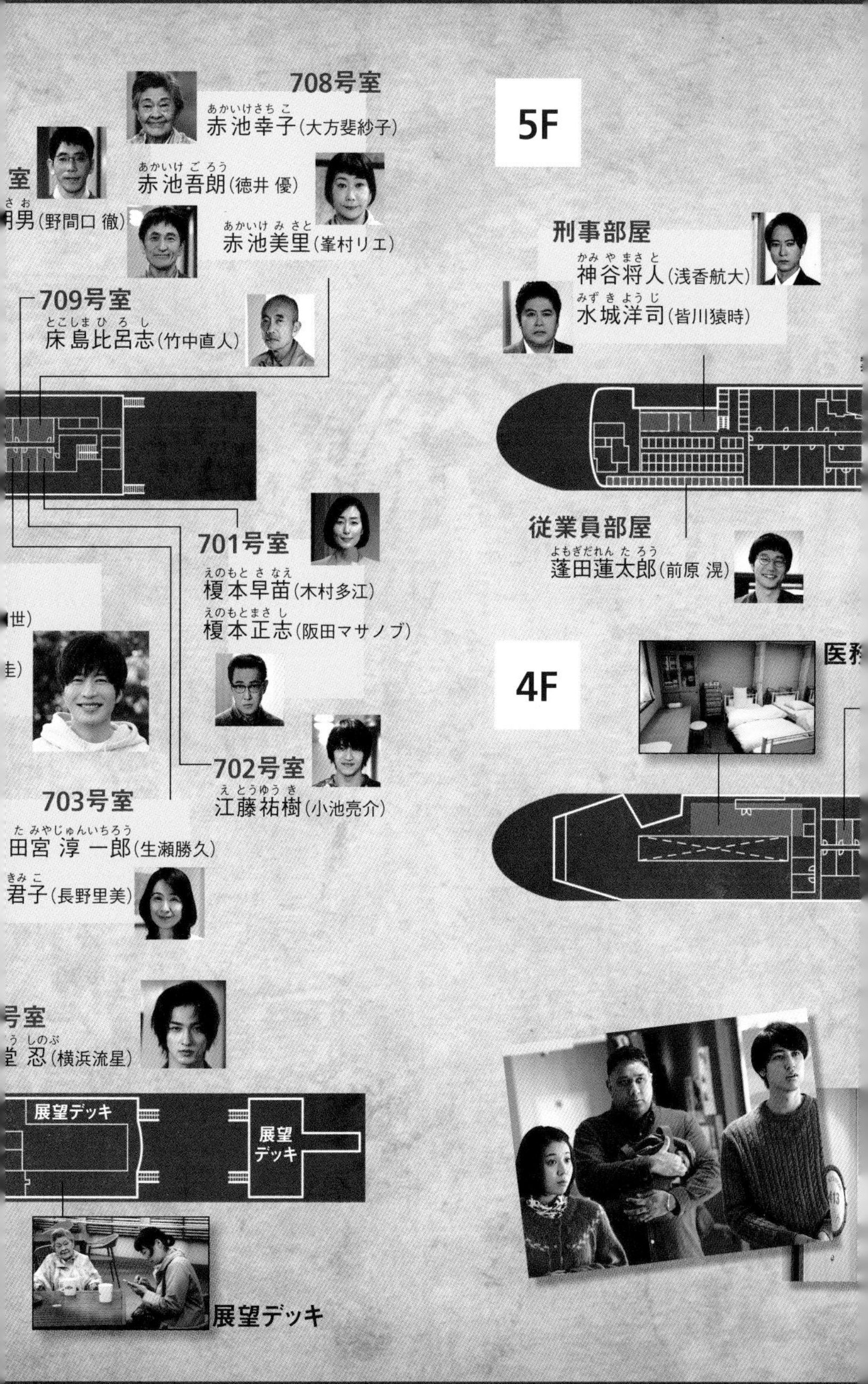
708号室
赤池幸子《あかいけさちこ》（大方斐紗子）
室
赤池吾朗《あかいけごろう》（徳井 優）
男（野間口 徹）
赤池美里《あかいけみさと》（峯村リエ）
709号室
床島比呂志《とこしまひろし》（竹中直人）
5F
刑事部屋
神谷将人《かみやまさと》（浅香航大）
水城洋司《みずきようじ》（皆川猿時）
従業員部屋
蓬田蓮太郎《よもぎだれんたろう》（前原 滉）
701号室
榎本早苗《えのもとさなえ》（木村多江）
榎本正志《えのもとまさし》（阪田マサノブ）
世）
圭）
4F
医務
702号室
江藤祐樹《えとうゆうき》（小池亮介）
703号室
田宮淳一郎《たみやじゅんいちろう》（生瀬勝久）
君子《きみこ》（長野里美）
号室
忍《しのぶ》（横浜流星）
展望デッキ
展望デッキ
展望デッキ

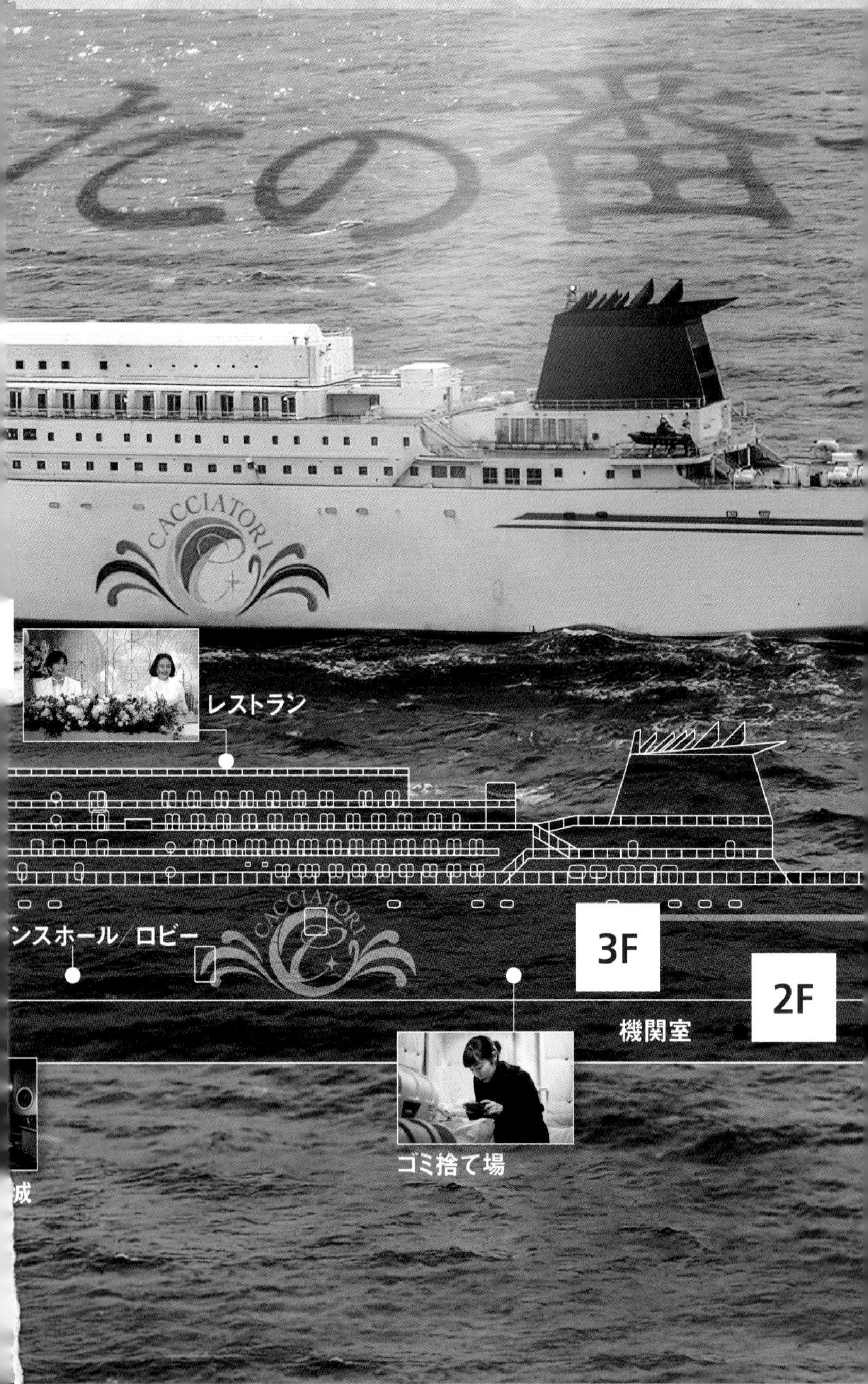
北の
CACCIATORI
レストラン
ンスホール／ロビー
3F
2F
機関室
ゴミ捨て場

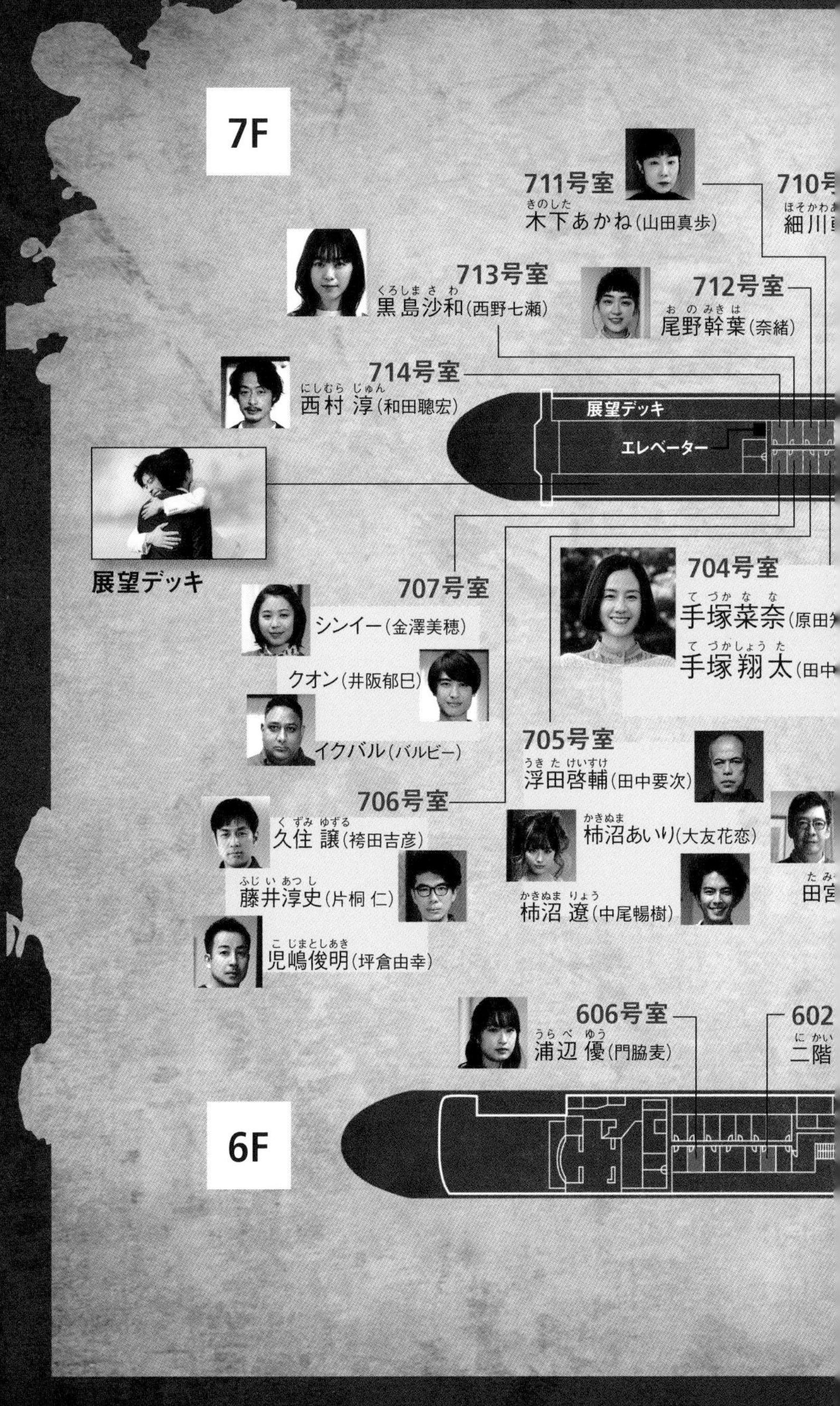

7F
711号室
木下《きのした》あかね(山田真歩)
710号
細川
713号室
黒島沙和《くろしまさわ》(西野七瀬)
712号室
尾野幹葉《おのみきは》(奈緒)
714号室
西村《にしむら》 淳《じゅん》(和田聰宏)
展望デッキ
エレベーター
展望デッキ
707号室
シンイー(金澤美穂)
クオン(井阪郁巳)
イクバル(バルビー)
704号室
手塚菜奈《てづかなな》(原田
手塚翔太《てづかしょうた》(田中
705号室
浮田啓輔《うきたけいすけ》(田中要次)
706号室
久住《くずみ》 譲《ゆずる》(袴田吉彦)
柿沼《かきぬま》あいり(大友花恋)
藤井淳史《ふじいあつし》(片桐 仁)
柿沼《かきぬま》 遼《りょう》(中尾暢樹)
田宮
児嶋俊明《こじまとしあき》(坪倉由幸)
606号室
浦辺《うらべ》 優《ゆう》(門脇麦)
602
二階
6F

CACCIATORI
CACCIATORI

あなたの番です 劇場版

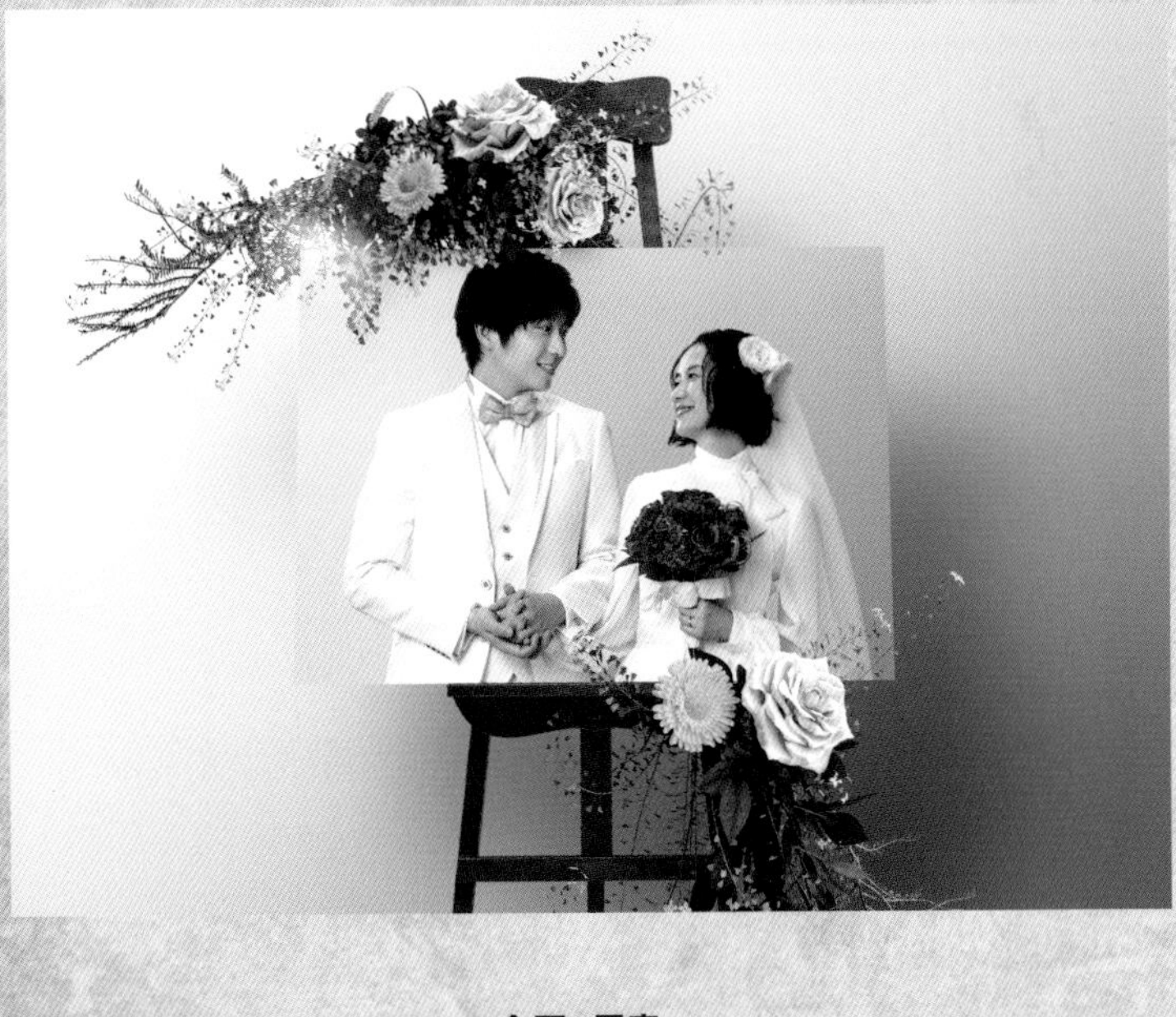

企画・原案
秋元 康

脚本
福原充則

飛鳥新社

主な登場人物

手《て》塚《づか》菜《な》奈《な》(49)

原田知世

優しくてしっかり者。ミステリー好き。
翔太との生活に満足しながらも、
彼との結婚が「年の差婚」であることに
一抹の不安を抱えていたが、
元夫・細川朝男との離婚が成立し、
晴れて翔太と結婚！

手《て》塚《づか》翔《しょう》太《た》(34)

田中 圭

明るくて天真爛漫。
スポーツジムのトレーナー。
妻の菜奈を愛してやまない
大好きな犬コロ系夫。
菜奈と同じくミステリー好きで、
独特の嗅覚を持っている。
突っ走ると周りが見えなくなるタイプ。

黒《くろ》島《しま》沙《さ》和《わ》(21)

西野七瀬

理系の大学院生。
大人しい性格の裏に……。

二《に》階《かい》堂《どう》 忍《しのぶ》(25)

横浜流星

黒島と同じ大学の院生。
ドライで不愛想。頭脳明晰だが、
コミュニケーション能力が低い。

田宮君子《たみやきみこ》(55)

長野里美

淳一郎の妻。不器用な夫を叱咤激励するしっかり者。

田宮《たみや》淳一郎《じゅんいちろう》(58)

生瀬勝久

早期退職した元エリート銀行員。真面目すぎるが故に融通がきかない性格。

尾野幹葉《おのみきは》(25)

奈緒

独身。有機野菜の宅配サービス会社に勤務。オーガニック大好き。なぜか翔太に強い執着心を持っており、待ち伏せ、プレゼントなどの攻撃を仕掛ける。

榎本総一《えのもとそういち》(14)

荒木飛羽

早苗と正志の一人息子。

藤井淳史《ふじいあつし》(43)

片桐 仁

独身。大学病院の整形外科の勤務医。結婚願望が強いがモテない。

久住《くずみ》 譲《ゆずる》(45)

袴田吉彦

独身。エレベーター管理会社に勤務。袴田吉彦に似ている。

赤池吾朗《あかいけごろう》(52)

徳井 優

幸子の長男。商社勤務。美里と幸子の不仲を知りつつ、見て見ぬふりをする気の弱い夫。

赤池美里《あかいけみさと》(50)

峯村リエ

周囲のイメージとは違い、姑の幸子とは仲が悪い。わがままな幸子の介護に疲れ果てている。

榎本正志《えのもとまさし》(48)

阪田マサノブ

早苗の夫。警視庁すみだ署生活安全課の課長。出世競争まっただ中。

榎本《えのもと》早苗《さなえ》(45)

木村多江

専業主婦。住民会会長。やや押しに弱いが明るい性格で、菜奈と仲良くなる。一人息子を溺愛。

児嶋俊明《こじまとしあき》(45)

坪倉由幸(我が家)

地図会社勤務。妻と二人暮らし。ゴルフが趣味。

木下《きのした》あかね(38)

山田真歩

独身。実は作家で、住民のゴミを漁り動きを観察。

赤池幸子《あかいけさちこ》(78)

大方斐紗子

元々の地主。車椅子生活の介護老人。嫁の美里の言葉が気に入らない。

西村《にしむら》淳《じゅん》(38)

和田聰宏

独身。現在はイベント会社の社長で、菜奈と翔太の船上結婚パーティーを企画。

柿沼《かきぬま》あいり(21)

大友花恋

遼と結婚し、柿沼性に。浮田の娘のような存在で柄は悪いが心優しい。結婚後は美容室で働いている。

浮田《うきた》啓輔《けいすけ》(55)

田中要次

暴力団の下っ端構成員。筋を通すタイプ。柿沼あいりの父親代わり。

江藤祐樹《えとうゆうき》(23)

小池亮介

独身。IT起業家でアプリを作っている。なぜか赤池幸子と仲がいい。

柿沼《かきぬま》 遼《りょう》(21)

中尾暢樹

あいりの夫。浮田の子分で居候。一見チャラいが、まっすぐでしっかり者。

北川澄香《きたがわすみか》(42)

真飛 聖

シングルマザー。ラジオのパーソナリティ。仕事が忙しく、家を留守にしがち。

イクバル(45)

バルビー

シンイー、クオンと同居する、バングラデシュ人のSE。

水城洋司《みずきようじ》(48)

皆川猿時

神谷とコンビを組む所轄刑事。刑事のくせに極度の怖がりだったが……。全く仕事が出来ないように見えてたまに鋭いことを言う。

神谷将人《かみやまさと》(26)

浅香航大

水城とコンビを組む所轄刑事。推理力、洞察力に優れているが、ドライで合理的。

早川《はやかわ》教授(62)

酒向 芳

黒島の大学のゼミの教授。

内山達生《うちやまたつお》(21)

大内田悠平

黒島のことをいつも陰から見ているストーカー。

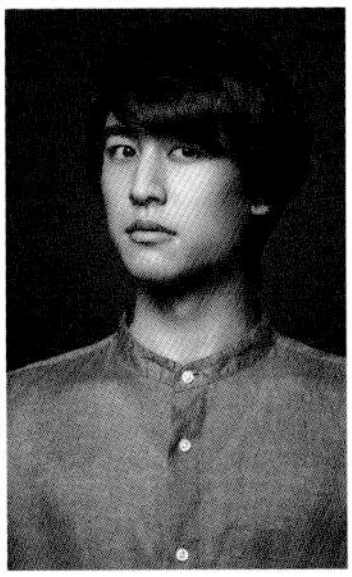

クオン(21)

井阪郁巳

ベトナム人で左官見習い。故郷に仕送りしているが、不法滞在。シンイーの恋人。

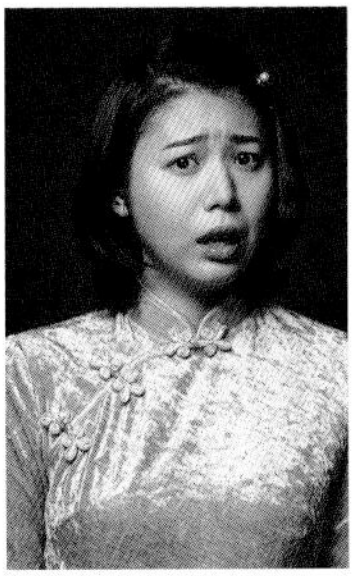

シンイー(22)

金澤美穂

中国からの留学生。近所のブータン料理店でバイトしている。

床島《とこしま》比《ひ》呂《ろ》志《し》(60)

竹中直人

キウンクエ蔵前の管理人。図々しく空気が読めない。

石崎《いしざき》洋子《ようこ》(35)

三倉佳奈

主婦。二人の子供の教育に熱心で常識人。

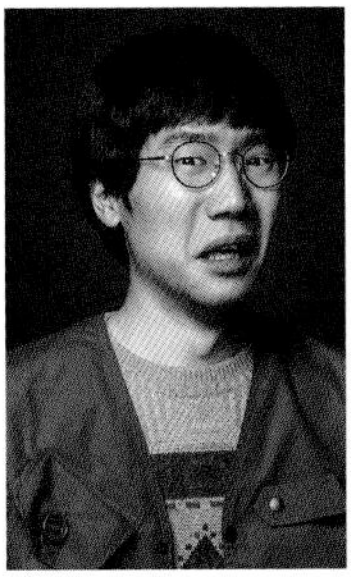

蓬田《よもぎだ》蓮《れん》太《た》郎《ろう》(25)

前原 滉

菜奈と翔太の船上結婚パーティーに派遣された新米カメラマン。腕が悪いのに妙に馴れなれしい。

細川《ほそかわ》朝男《あさお》(45)

野間口 徹

菜奈が以前勤めていたデザイン会社の社長で菜奈の元夫。

浦辺《うらべ》 優《ゆう》(30)

門脇 麦

謎の女。

南《みなみ》 雅和《まさかず》(50)

田中哲司

愛する娘を殺したのは黒島だと思い、船に乗り込んでいる。

あなたの番です 劇場版

目次

キウンクエ蔵前

501室 空室	**502室** 赤池美里(50) 吾朗(52) 幸子(78)		
401室 木下あかね(38)	**402室** 榎本早苗(45) 正志(48) 総一(14)	**403室** 藤井淳史(43)	**404室** 江藤祐樹(23)
301室 尾野幹葉(25)	**302室** 手塚菜奈(49) 手塚翔太(34)	**303室** 空室	**304室** 北川澄香(42) そら(5)
201室 浮田啓輔(55) 柿沼 遼(21) 柿沼あいり(21)	**202室** 黒島沙和(21)	**203室** シンイー(22) クオン(21) イクバル(45)	**204室** 西村 淳(38)
101室 久住 譲(45)	**102室** 児嶋佳世(42) 俊明(45)	**103室** 田宮淳一郎(58) 君子(55)	**104室** 石崎洋子(35) 健二(39) 文代(9) 一男(6)

大学教授 早川教授 (62)	管理人 床島比呂志 (60)	菜奈の元夫 細川朝男 (45)	黒島の恋人 二階堂 忍 (25)	所轄刑事 神谷将人 (26)
謎の女 浦辺 優(30)	カメラマン 蓮田蓮太郎 (25)	船員 南 雅和(50)	謎の男 内山達夫 (21)	水城洋司 (48)

あなたの番です 劇場版

1　キウンクエ蔵前・外観

2019年、春。
隅田川からほど近い中流向けマンション。
引っ越しトラックを見送る手塚菜奈（49）と手塚翔太（34）、マンションを見上げて。

菜奈「思い切って買って良かったね」
翔太「うん」

2　同・302号室

引っ越しの挨拶を終えた菜奈と翔太、部屋に戻っていて。

菜奈「あっ。住民会！」
翔太「いいよ、出なくて」
菜奈「ダメだよ、最初が肝心だよ」
翔太「でも荷ほどきもしないと」

菜奈「私、行こうか？　代表者1名って言ってたし」
翔太「じゃあ…、ジャンケンする？」
翔太、不思議なポーズで何を出すか決めようとする。
翔太「行くよ、せ〜の、最初はグー！　ジャンケン、ポイ！」
意味あり気に描写されるジャンケン。

3　同・地下会議スペース

住人達が集まり、ワイワイとした雰囲気。
石崎洋子（35）、久住護（45）、黒島沙和（21）、シンイー（22）、
浮田啓輔（55）、北川澄香（42）、尾野幹葉（25）、藤井淳史（43）、
榎本早苗（45）、赤池美里（50）、床島比呂志（60）が、
いくつかのグループに分かれて雑談している。
澄香は輪からはずれて、ノートPCで仕事中。
床島と藤井がなにやら険悪な様子にも見える。
スマホをいじっている黒島。
翔太は両脇に座った洋子と久住と会話をしている。

洋子　「へぇ。新婚さんなんですね〜」
翔太　「はい。妻がめちゃ可愛いんですよ」
洋子　「お仕事は何を？」
翔太　「トレーナーやってます。ジムの」
久住　「へぇ、スポーツジムのトレーナーさんなんですか」
翔太　「ぜひ、一度来てくださいよ」
久住　「機会があったら、ぜひ（行きそうもない感じ）」
翔太　「絶対来ないじゃないですか」
　そこへ田宮淳一郎（58）が慌てて入ってくる。
淳一郎　「遅れてすいません」
洋子　「まだ3分前ですから」
淳一郎　「いえ、5分前集合に2分遅れました。面目ない」
早苗　「いえ」
淳一郎　「（早苗に）会長、はじめてください」
　一同、淳一郎の真面目ぶりに呆れつつ席につく。
　洋子、翔太に。
洋子　「座ってください」

翔太　「ありがとうございます」

早苗　淳一郎と翔太、目が合い頭を下げ合う。
　　　「あ、はい、それでは今月の住民会をはじめさせて…」

床島　床島、話を遮って、
　　　「新入りさんよぉ！」

翔太　「あ、はい！　302に越してきた手塚で（す！）」

床島　「あんた、俺のこと殺したい？」

翔太　「は？」

藤井　「そんな、今日初めての人に（聞かなくても）」

床島　「お前が言い出したんだろうがよ？」

澄香　「…管理人さん。会長さん、話、途中ですよ？」

床島　「（無視して）こいつがよ、ここの住人、全員俺のこと嫌ってるって言うんだよ。
　　　出会って3分で殺意を覚えたってよ」

藤井　「最初だけですよ。今は別に」

床島　「だから新入りさんに聞いてんだろうが、なぁ。今日、初めましてでさ、俺のこと殺したいと思った？」

翔太　「いえ、そんな」

床島　「遠慮するなよ。人間誰しも、あいつ殺したいなぁとか思う瞬間あるんだからなぁ！」
藤井・美里・淳一郎「……」
シンイー・黒島・澄香「……」
浮田・藤井・尾野「……」
浮田　「そりゃあるよ。でも本当にやったら捕まるから」
黒島　「……」
尾野　「じゃあ、捕まらないなら殺しちゃうんですか？」
浮田　「（ニヤリと笑って）どうだろうねぇ」
藤井　「あ、じゃあじゃあ。僕の嫌いな人を殺してくださいよ？　代わりに、浮田さんの殺したい人を殺しますから」
洋子　「何の話ですか…」
久住　「あぁ、確かに、それなら動機がわからなくて捕まりづらそうですね」
床島　「交換殺人ってやつか。なるほど（チラリと美里を見る）」
美里　「（床島と視線を交わしたような、反らしたような）」
一同　「……」
翔太　「（挙手して）あ、あのいいっすか？」
一同　「（翔太を見る）」

翔太　「あの、交換殺人って無関係の人同士で成立するやつなんで、同じマンションの住人同士じゃ成立しないっすよ」
一同　「…あぁ」
翔太　「（満面の笑み）しないです。はい」

タイトル
『あなたの番です　劇場版　か？』

エレベーター内の定点カメラによる、
2年間の早送り映像のタイトルバック。
・久住がエレベーターに乗って来て、降りる。
・仲が良さそうに乗っている菜奈と早苗。
　菜奈が降り、見送る早苗。早苗も降りる。
・黒島に続いて波止が乗り込んでくる。波止、黒島を蹴る。
・尾野が乗り合わせた翔太になにかをあげている。

・久住がエレベーターに乗っている。
・淳一郎、続いて神谷と水城がエレベーターに乗り込んでくる。
・あいりと柿沼が結婚指輪をかざしてイチャイチャ。
・久住がエレベーターに乗ってくる。
・朝男が緊張した面持ちで乗り込んでくる。
・菜奈、翔太、朝男が3人で乗り込んでくる。
・久住がエレベーターに乗っている。
・大きなバッグを持った総一が、早苗と正志と乗って来る。
・久住がエレベーターに乗っている。
・黒島に続いて、おどおどした二階堂が乗り込み、降りていく。

4　港近くの路上(2年後)

[2年後]

先を急ぐタクシー。
海が見えてくる。

5　港・タラップ前

港に中規模のクルーズ船が停泊している。
タラップ前で「ウェディングクルーズ　菜奈さん♡翔太さん」
（下に小さく〝お祝いのお供にNISHIMURA〟）と書かれた幟《のぼり》を
持ち、腕章をした西村淳（40）がイライラしている。
と、タクシーが到着。
菜奈と翔太が降りてくる。

翔太「ありがとうございます！　すいません」
西村「困りますよ、新郎新婦が遅刻しちゃ」
翔太「だって菜奈ちゃんの着替えが全然終わらないから」
菜奈「違うんです、私はこれでいいって言ってるのに、翔太君が〝色のバランスがぁ〟とか〝首元がさびしいからアイテム追加ぁ〟とかいろいろうるさくて」
翔太「うるさいって言い方ないんじゃないの？」
西村「あの」
翔太「俺、2年待ったんだよ？」

菜奈　「…」

翔太　「ようやくたどり着いた特別な日なんだから、特別なオシャレして欲しいの」

菜奈　「…ごめん。でも後でドレス着るんだから」

翔太　「知ってる！」

　クルーズ船の汽笛が鳴る。

西村　「ほら早く！」

翔太　「急げー」

　菜奈と翔太がタラップを駆け上がろうとする一歩が、悲劇の始まりのような不穏なスローモーションに。

　そして後を追う西村含め、3人がスチールのタラップを駆け上がっていく音が異様に耳障りである。

6　カッチャトーリ号・エントランスホール

　藤井、久住が船内を眺めている。

　他の乗客の姿もあり、賑わっている。

藤井　「そこそこって感じだな」

久住　「いや、すごいじゃないですか。ワクワクしてきました」
児嶋俊明（47）がやってきて、
肩にかけた重そうなゴルフバッグをドスッと床に置いた。
俊明　「どうも」
藤井　「あぁ」
俊明　「あの、3人部屋って言われたんですけど、聞いてます？」
藤井　「3人ってどの3人」
俊明　「（指で示す）」
藤井　「嘘でしょ…、奥さんは？」
俊明　「（×マークを作って）英語教室休めないんで」
久住　「あれ？」
久住の視線の先を、黒島と二階堂忍（27）が歩いている。
藤井　「…誰だ、一緒にいる男」
俊明　「彼氏でしょ。最近部屋にも出入りしてますよ」
藤井　「マジかよ、黒島さんって俺に気があるのかと思ってた。すれ違う時、いつも会釈してくれてたのになぁ」
俊明　「…（藤井さんってバカだなと思っている）」

久住　「…僕も恋したいなぁ」
俊明　「…（久住さんってバカだなと思っている）」
シンイー（声）「児嶋さーん、久住くーん」
3人　「?」
　3人が声のする方を見ると、
　今度はシンイー、クオン（23）、イクバル（47）がいる。
シンイー「藤井ぃー（と手を振る）」
藤井　「なんで俺だけ呼び捨てなんだ」

7　同・デッキへの通路

　シンイー、クオン、イクバルがデッキへ向かって歩いている。
　イクバルが妙に大事そうに鞄《かばん》を抱えて、大汗をかいているのが不気味である。
シンイー「みんな、来てるのかな?」
クオン　「小さい子供がいる家は来れなかったみたいよ?」
シンイー「へぇ、…あれ、尾野さんぞなもし?」

3人、前を歩いている尾野に気付く。
尾野、振り返ると、お腹が大きい。

尾野「あ、シンイーちゃん軍団」
シンイー「ねぇねぇ、大丈夫なの?」
尾野「うん、つわりで慣れたから、船酔いも平気かなって」
クオン「…あっ、ちなみに、パパってどんな方なんですか?」
尾野「…それを言っちゃぁ台無しでしょ?」
シンイー「〝台無し〟って?」
尾野「台無しだよって、この子も(言ってる)」
シンイー「〝台無し〟…?」

と、そこへ台車に荷物を積んだ作業着姿の船員が通る。
南雅和(52)であるが、顔は映らない。

8 同・デッキ

カメラは船員(南)の背中を追い越しデッキへ。
そしてデッキの端、テーブルを囲んでいる赤池幸子(80)、美里、吾朗（54）へ視点を移す。
吾朗は暢気《のんき》に港を眺めている。

吾朗「…あ、観覧車だ！　…まるーい！」
美里は、幸子の車椅子の隣で、こっそり携帯をいじっている。

幸子「…まったく沖に出たら揺れるだろうし、喜んでるのは本人達だけかもしれないわね」

美里「（メールに夢中）どうでしょうね」

幸子「そういえば、吾朗の結婚式もあなたの身内しか喜んでなかったわねぇ」

美里「（メールを打つ手が止まる）…どうでしょうね」
幸子、美里のスマホを奪い、コーヒーカップの中へ。

美里「!!」

幸子「スマットフォーンって防水なのよね？　すごいわね」
幸子、車椅子で一人で去っていく。
美里、冷めた目で幸子の後ろ姿を見ながら、
コーヒーまみれのスマホの送信ボタンを平然と押す。

9　同・売店／写真コーナー

床島「（歌いながら）小さな子が…」
売店で床島が乾き物などを見ている。
そこへ美里から着信。印象的な床島の携帯。
タイトルに【計画通りで】。本文にドクロの絵文字。
床島「…」
声（蓬田）「ね？　試しに一枚だけどうですか？」
床島「…？」
床島が声に気付いてふとみると、サンプル写真の並ぶ観光写真のコーナーでカメラマンの蓬田蓮太郎（27）が通りかかった乗客・浦辺優（30）に声をかけている。
浦辺は嫌そうである。
蓬田「スマホで撮るのとはわけが違うんで、わけが！」
浦辺「大丈夫です」
蓬田「とりあえず一枚だけ。ね？　ね？」

蓬田　蓬田、ごちゃごちゃ言いながらパチリと一枚。

「はい、頂きます」

その瞬間、次のシーンへ。

10　同・701号室(早苗の部屋)

榎本正志(50)がシャッターを切ったところだ。
カメラの先には総一(16)の写真を持った早苗。
早苗の脇に窓。
早苗　「ちょっと、ちゃんと海も映った?」
正志　「うん、沖にでたらさぁまた撮ろう」
早苗　「私達ばかり楽しんでるみたいで怒らないかな?」
正志　「あいつも留学先で楽しんでるよ。シカゴって都会だろ?」
正志、カメラの液晶画面で写真を確認。
正志　「うわっ⁉」
液晶には夜叉のような顔をした早苗が映っている。
正志　「…ママ、笑顔、笑顔」

早苗、返事をせずに窓の外を見る。

正志「…（心中を察して言葉がない）」

11　同・操舵室

船員①が船長に報告をしている。

船員①「あぁ…それから、かなり寒暖差が激しくなる予報が出ておりまして、濃霧の心配が」

船長、資料の中から〝本日16時より〟という付箋のついたパーティーの席次表を取り出し、

船長「…パーティーが入ってるんだぞ。まさか…」

と、言いながら、目線は壁を這う蜘蛛へ。

船長、席次表で蜘蛛を叩き潰す。

船長「まさか、欠航ってわけにもいかないだろ」

新郎新婦の名前にべっとり蜘蛛の血が…。

12　港

汽笛を鳴らし、港を離れるカッチャトーリ号。

13　カッチャトーリ号・713号室（黒島の部屋）

黒島が窓の外を眺める。
脇で二階堂が立っている。

黒島　「…だから怒ってないですよ」
二階堂　「…でも黙って来てしまったので」
黒島　「ちょっとびっくりはしたけど」
二階堂　「あっ、でも部屋はちゃんと別で取ってありますから」
黒島　「あれ、そうなんですか…」
二階堂　「え…」
黒島　「…なんだ、そっか」
二階堂　「…え、だって、まだ一緒はまずいですよね？」

黒島「…（笑って、なにかを言いかけ、やめてまた笑った）」
黒島、そのまま窓の外へ視線を戻す。
二階堂に背を向けるとなぜか真顔になるが…。

14 同・廊下（2時間後）

すでに正装した翔太が携帯で話しながら廊下を急いでいる。
翔太「……いや、ほんと困りますよ、アニキ」

15 同・デッキ

翔太が電話しながらデッキに出てくる。
すでに周りは海である。
携帯を持った細川朝男（47）を見つけ、
翔太「今更なんすか」
朝男「（携帯から声が響くので切って）マジでやめようって」
翔太「どうして」

朝男　「前の夫が挨拶する結婚式なんて聞いたことねぇよ」
翔太　「いや正式なやつは両家の家族だけで済ませてるんで。これはなんていうか、盛大な二次会です」
朝男　「だとしてもさぁ」
翔太　「（突然抱きしめて）…大丈夫。アニキなら出来る」
朝男　「…うん、出来る気がしてきた…ってならねぇよ！」
翔太　「もう、またまたぁ、照れちゃって。じゃ、俺、戻るっすからね」
朝男　「おい！」
と、朝男の携帯に着信。
画面を見て曇った表情で、
朝男　「（電話に出るなり）しつこいよ。今夜はありえないから」

16　同・階段

木下あかね（40）が階段を降りてきてパンフの船内図を広げ指でさしながら、なにか（ゴミ捨て場）を探している。
木下　「…（舌打ち／ゴミ捨て場は明記されてないので）」

17　同・船倉

置いてある荷物がコトコトと動く。

【夕日の中を進むカッチャトーリ号】

18　同・レストラン（1時間後）

すでにパーティーが始まっている。
壇上に菜奈。司会席に淳一郎。腕章をした西村。
出席しているのは、早苗、正志、久住、藤井、俊明、
田宮君子（57）、浮田、柿沼あいり（23）、柿沼遼（23）、
黒島、シンイー、クオン、イクバル、尾野、木下、
江藤祐樹（25）、美里、吾朗、幸子、床島、朝男。
翔太がフロアに降りて、ドレス姿の菜奈の写真を
撮るように一同を促している。

腕章をつけた蓬田がカメラマンとして参加している。

翔太（声）「菜奈ちゃん、きれい、可愛い」

翔太「みんな、ちゃんと撮ってくださいよ。カメラマンさんに任せないで。自分の手で、自分のアングルで、菜奈ちゃんを、綺麗に撮る！（菜奈に）菜奈ちゃん、目線こっち。シャッターチャンス、可愛い」

黒島、早苗、君子、木下、俊明、シンイー、クオン、吾朗が写真を撮っている。

西村、〝押している〟と淳一郎にサイン。

淳一郎「すいません、新郎もぜひ横にお並びになって、写真に収まって頂ければ…」

翔太「司会だからって油断しないで！　菜奈ちゃんを綺麗に撮る！」

淳一郎「私は司会者ですから」

尾野がお腹に話しかけている。

尾野「…いつもと違うスーツで格好いいですねぇ」

×　×　×

【20分後】

朝男が手に分厚いノートを持って挨拶をしている。

西村がイライラして聞いている。
一同も飽きた顔で聞いている。
美里が携帯をいじる手を止め、幸子を見る。

朝男　「結局、双方譲らず、僕はそのパンケーキを食べられませんでした。…まぁ今、振り返ればどちらの呼び方だっていいんですが、当時は菜奈も、…菜奈さんも僕も本気で喧嘩していました、という。以上が〝パンケーキｏｒホットケーキ〟事件でした。（ノートをめくって）では次の面白事件。これは菜奈さんが〝どうしても許せないことがひとつだけある〟と後に語った事件ですが…」

西村、〝押している〟と淳一郎にサイン。
シンイーが食べ途中の付け合わせの人参グラッセを木下に見せている。

シンイー「見てケロ」

木下　「…」

淳一郎　「ありがとうございました、お二人と非常にご縁の深い、細川朝男様のご挨拶でした」

淳一郎が拍手をするので、一同も拍手。

西村　「（近寄り小声で）…次は飛ばして、馴れそめビデオに」

が、淳一郎、拍手を次第に手拍子に変化。
そのままカラオケのイントロがフェイドインしてきて、

淳一郎「…さて、ここで雰囲気を変えまして、新郎新婦へ歌の贈り物でございます」

西村「あの…」

淳一郎「それでは早速歌って頂きましょう。はりきってどうぞ！」
淳一郎、自分で歌い出す（「白い雲のように」）

淳一郎「♪遠ざかる雲をみつめて…」

君子「まぁー、待ってました！」

淳一郎「♪まるで僕たちのようだねと君がつぶやく…」
一同、唖然《あぜん》とした空気になるが、淳一郎は熱唱。

淳一郎「♪見えない未来を夢見て…」
綺麗な夕日の中を進む船。
突然、床島が淳一郎のマイクを奪い、

床島「♪ポケットのコインを集めて…」

淳一郎「ちょっと」

床島「デュエットの歌だろう♪　歌わせろよ」
淳一郎と床島、小さく揉める。

19　同・レストランの外

淳一郎(声)「♪くやしくてこぼれ落ちた…」
何者か(二階堂)がパーティーの様子をうかがっている。
視線の先には黒島。

20　同・レストラン

淳一郎と床島、サビになり、
1本のマイクを2人で握ったままハモりだす。
淳一郎「♪目を閉じると輝く宝物だよ…」
淳一郎・床島「♪風に吹かれて消えてゆくのさ…」
サビの途中で歌をぶった切って、次のシーンへ。

21　同・704号室（菜奈と翔太の部屋・夜）

菜奈と翔太が部屋に戻ってきた。

翔太「もう！　あの2人のせいでさぁ台無しじゃん」

菜奈「すごかったね、デュエットメドレー」

翔太「俺だって練習してきてたのに！」

菜奈「…翔太君も歌うつもりだったの？」

翔太「そりゃ新郎だもん」

菜奈、苦笑いしながら、隣の部屋に行こうとする。

翔太「どこ行くの？」

菜奈「着替えてくる」

翔太「菜奈ちゃん！　…それはまだ早い！」

菜奈「え？」

翔太「なんのためにさぁレンタルやめて、わざわざ買い取ったと思ってるの⁉」

菜奈「…。…なんのため？」

翔太「えー。今のさ、ちょっとした間はさ、菜奈ちゃんもわかってるってことでしょ？」

菜奈「…皺《しわ》になっちゃうよぉ」

翔太「皺だけで済ませるつもりないよぉ」

菜奈「…もうぉ」

翔太「〝もう〟、なに?」

菜奈「…おいで」

翔太「行くー(雄叫び)」

翔太、菜奈を抱き抱《かか》えてベッドへ倒れ込む2人。

と、同時刻の他の部屋が次々に映し出される。

実際には部屋番号は映らないので、

人のいない部屋は誰の部屋なのかわからない。

× × ×

【705号室】

あいりと柿沼が喧嘩している。

あいり「結局、全部お前が悪いんだよ!」

× × ×

【706号室】

藤井、久住、俊明が部屋を出ていく。

俊明　「じゃ、行きますか？」
久住　「はい…」
藤井　「面倒くせぇなぁ…」

×　×　×

【712号室】
尾野が胎教ヨガをやっている。
が、誰か来たらしく、ドアの方を振り向く。

×　×　×

【713号室】
携帯のバイブ音（内山から着信）が聞こえ、
シャワールームのドアが開く。

×　×　×

【708号室】
幸子が車椅子に乗ろうとしている。

×　×　×

【703号室】
淳一郎が目深に帽子をかぶり部屋を出て行こうとしている。

それを君子が止める。

君子「やめて、おねがい」

22　同・海底ｂａｒ竜宮城・外観(夜)

船内にあるバーの看板。
入っていく藤井、久住、俊明。

23　同・海底ｂａｒ竜宮城・店内(夜)

藤井、久住、俊明がバーにやってきてカウンターに座る。
奥の席で西村、木下が飲んでいる。他に数名の女性客。
カウンターの奥に水中銃が飾ってある。

西村「…まったく!　会場の延長費はこっち持ちなんだよ?」
木下「まぁまぁ」
西村「あいつら、ウチの会社、潰す気かよ!」
木下「会社潰すの慣れてるでしょ?」

西村「木下さん…、その言い方はないでしょ」

木下「あっ、そんなあなたにこれ」

木下、本を差し出す。

アカネ木下【出世する殺意～殺したいライバルの設定術～】

西村「（一瞬鋭く表紙を眺めるが笑って）…相変わらず、売れなそうな本書いてますね」

木下「その言い方はないでしょ」

一方、カウンターでは、藤井が女性客を見てる。

俊明「（藤井の視線に気付いて）声かけてきましょうか？」

藤井「…俺、ああいう美人にビビらないで声かけられる男、全員殺したい。…今すぐにでも」

俊明「…（ドン引きして、久住の方を見る）」

久住「（やたら食いついて）え、トドを撃つの？　魚じゃなくて？」

バーテン「初代の社長がこの会社を作る前に北海道の利尻の方で…」

久住「利尻？」

バーテン「はい、あの昆布で有名な」

久住「あぁ…」

と、ガタンと船が大きく揺れる。

木下「なに!?」

それ以上、なにも起こらない。

久住「…びっくりしたぁ」

窓の外の海中に揺れるなにかがある。

西村「…？」

よく見ると、ロープである。

俊明「…なんですかね？」

一同が窓に近づく。

一同「⁉」

木下「足⁉」

ロープに絡まった床島が流れてくる。

一同「⁉」

床島、一瞬、目を見開いてもがいたが、すぐに動かなくなった。

一同「…（呆然として言葉がない）」

テーブルの上の【出世する殺意】がなぜか映る。

24　同・702号室（江藤の部屋）前・廊下（夜）

どこかの部屋のドアがカチャリと閉まる。

誰かが中に入っていったようだ。

ドアの部屋番号が映るが、下部分の1／5程度までしか映らないので何号室かはわからない…。

25　同・708号室（美里の部屋・夜）

美里が、吾朗から床島の死を聞かされている。

美里「えっ!?」
吾朗「（慌てた様子で）らしいんだよ」
美里、慌てて部屋を出ていく。
吾朗「（急に冷めた表情に）…」

26　同・デッキ（夜）

霧が出始めているデッキ。
船員達が床島の死体を引き上げたところだ。
菜奈と翔太が野次馬をかき分け、現れる。

菜奈・翔太「すいません。すません。…⁉（愕然とする）」

菜奈「…管理人さん」

野次馬の輪の中に悲痛な表情の
藤井、久住、俊明、西村、木下、
あいり、柿沼、そこに分け入る美里。

美里「…ひぃぃぃぃぃ！」

床島の死体には鋼鉄製のロープが絡まっており、
額には殴られたような裂傷がある。さらにロープの一方の端はまだ海の中だ。
翔太、怯える菜奈の肩を抱く。
床島の首がガクンと動き、菜奈と翔太の方を見た。

菜奈・翔太「…⁉」

船員「おい、引っ張るなよ‼」

船員が慌てて、シートで床島を隠していく。

菜奈・翔太「…⁉」

27　同・ロビー（夜）

浮田がジッポーをカチカチしながら歩いている。
が、進行方向に客室係①が現れると、戻っていく。

客室係①「みなさま、お部屋にお戻りくださいませ！」

28　同・704号室（菜奈と翔太の部屋・夜）

菜奈と翔太、部屋に入りため息をつく。

菜奈「…どうやって謝ればいいいんだろう」

翔太「…え？」

菜奈「だって、この船に乗らなければ管理人さんは」

翔太「それは…、そうかもしれないけど、でも…。…」

翔太、言葉が続かず、菜奈を抱きしめるのが精一杯。

29　同・703号室（淳一郎の部屋・夜）

部屋に帽子をかぶった淳一郎が帰ってくる。

君子　「どうだった？」

淳一郎　「…（首を振る）」

【夜の海に停泊中のカッチャトーリ号】

30　同・704号室（菜奈と翔太の部屋・夜）

ベッドに横になっているが寝られない2人。

菜奈は翔太に背を向けて横になっている。

菜奈　「…」

翔太　「…（菜奈に聞こえないように）オランウータンタイム」

翔太、なにやら考えているようだ。窓の外の霧が濃くなっていく…。

31　同・外観（翌朝）（2日目）

2日目。
朝靄の中に浮かぶ船。
水上警察の船が横付けされている。

32　同・乗船口

船長と数名の船員が出迎え、
神谷将人（28）と水城洋司（50）と、
脇に刑事①・②・③や鑑識が乗り込んできている。

船長「普段船を港に停留する時に使用する非常に強度の高い物で、今回そのロープがスクリューにも絡まりまして、現在、航行停止状態なんです」

神谷・水城「……（うなずきながら聞いている）」

33　同・デッキ

一同が床島の遺体を確認している。

水城「…自殺、じゃなさそうだな」

鑑識「(頭部の裂傷を示して) 殴られたらしき痕もあります」

水城「(うなずいて) 監視カメラの方は?」

刑事①「全滅ですね」

×　×　×

【警備員室】

保存用のハードディスクが壊されている。

刑事①「ハードディスクが電動ドリルのようなもので壊されています」

×　×　×

水城「…計画的な犯行か」

刑事②、③が現れ、

刑事②「水城さん、乗客名簿と従業員名簿、借りてきました」

水城「あぁ」

水城「神谷」
神谷「はい」
　2人、船内へ向かおうとするが、すぐに水城が立ち止まる。
神谷「なんですか？」
水城「いや、あの子、確か…」
　視線の先で、黒島が乗客に混じって運び出される
　床島の遺体を見ている。
神谷「…あぁ」

×　　　×　　　×

船内放送「…つきましては、大変申し訳ございませんが、客室にお戻り頂き、警察の捜査にご協力をお願い致します。繰り返し、お客様にお願い申しあげます」
　ぞろぞろと帰り出す、乗客達。
声「あれ？　黒島？」
黒島「え？　…先輩」
研究員「なんだ、お前も乗ってたのか」
黒島「あ、例の実証実験ですか？」
研究員「他人事みたいに言うなよ。お前が潮の流れを数値化して計算モデル作ったやつ

だぞ？」

黒島「じゃあ早川教授も？」

研究員「（うなずいて指さす）」

船内に戻る乗客達（＆浮田）に隠れて、なかなか見えないが、

数名の研究員を従えた早川教授（62）。

早川、イライラして研究員を叱責している。

研究員「昨日からなにかおかしいんだよなぁ。事件のせいでスケジュール遅れてるから

だろうけど」

黒島「…」

早川「何とかするのが君達の仕事だろ！」

研究員「はい」

34　同・7階廊下（708号室・美里の部屋前）

菜奈が708号室の前で幸子・吾朗と話している。

菜奈「本当にご迷惑をおかけして…」

吾朗「いやいや手塚さんのせいじゃないし、おめでたい時にね、その」

幸子「あの人もいろいろあったから、罰が当たったのかもしれないわね…」

吾朗「（奥に）おーい、手塚さん来てるよ。（菜奈に）ちょっと待ってね」

菜奈「…あの」

　吾朗は部屋の中に行ってしまった。

神谷（声）「お時間大丈夫ですか」

江藤（声）「はい、大丈夫ですよ」

水城「いくつか確認したい事がありまして」

　江藤うなずく。

　菜奈、声がして振り返ると、神谷と水城が702号室前で、手にタブレットを持った江藤に聞き込みをしている。

　江藤がチラリとコチラを見た。

　菜奈が視線を戻すと、幸子も江藤を見ていた。

　幸子、菜奈の視線に気付いて、すぐに視線を逸《そ》らす。

　と、吾朗が戻ってきて、
吾朗「なんか体調悪いみたい、ごめんね」

菜奈「いえ」

吾朗「…そっちの旦那さんは？」

35　同・売店／写真コーナー

写真コーナーで、翔太が蓬田の撮った
パーティーの写真を
ＰＣで確認している。下手な写真ばかり。

蓬田　「…正直、こないだまで不動産屋で働いてて、まだ駆け出しルーキーなんですけど、拙いところもありますし、それも味だと思ってもらえればいいかなっていうか、まぁ味です」

翔太　「…」
翔太、写真を見ながら回想する。

×　　×　　×

【回想　シーン18　別カット】

翔太　「ちょっと皆、ちゃんと一番いいアプリで撮ってくださいよぉ。はい菜奈ちゃん、目線こっちかなぁ」
あいりと柿沼が小声でなにか言い合っている。

あいり　「だいたい稼ぎが少ないんだよ、お前」

柿沼　「あいりだって…」

尾野がお腹を撫でている。
幸子が江藤のタブレットを覗き込んでいる。
浮田が窓の外を見てイライラしている
（よく見るとジッポーの蓋をカチカチしている）。
菜奈の撮影を終えた早苗が席に戻り、
さりげなくナイフにナプキンをかぶせる。
ナプキンを取るとナイフも消えている。
イクバルが膝の上にカバンを乗せている。
美里が下を向いてなにかしている（テーブルの下でメールしている）。
床島が美里と同じ姿勢と動作をしている。

×　×　×

翔太、床島の写真をじっと見ている。ＰＣの画面をピンチする。

蓬田「あ、あの拡大するならここです」
翔太「あぁ」
翔太、写真をクリックで大きくする。と、床島の背後、
パーティー会場のガラス戸の向こうに二階堂が映り込んでいる。
翔太「…」

36　同・707号室(シンイーの部屋)

シンイー、クオン、イクバルが暗い表情で話し合っている。
テーブルの上には謎の鞄…。

イクバル「…ごめんなさい、私のせい」
シンイー「(首をふるが、言葉が続かない)」

37　同・606号室(浦辺の部屋)

神谷と水城が浦辺に聞き込みをしている。

水城「なるほど、わかりました」
浦辺「(笑顔で)すいません、お役に立てず」
水城「いえ。こちらこそ、ご旅行中にすいませんでした」
神谷、部屋の中のなにかが気になった様子。
神谷「ちなみに、海はお嫌いですか?」
浦辺「え?」

神谷の視線の先には、閉め切ったカーテン。
浦辺、視線を追って後ろを向く。

水城「…嫌いなら船なんか乗らねぇだろ」
水城、浦辺に会釈をして去っていく。
浦辺は後ろを向いたまま、表情が見えず不気味。

神谷「あの？」
そのまま後ろ手でドアを閉めてしまった。
神谷、立ち去りかけて、覗き穴を見つめる。
向こうから浦辺が見ている気がする。
脇にずれて、覗き穴の死角に移動する神谷。

神谷「…」
と、刑事③がやってきて、

刑事③「すいません、ちょっと」

神谷・水城「…」

38　同・船倉

神谷、水城、刑事③が駆けつけると、
刑事①、②、船員②が大きな貨物箱を覗き込んでいた。

刑事②「これなんですけどね。（中を見てくださいと促す）誰かが潜んでいた形跡が…」

箱の中には寝袋。内部の壁に、船の断面図。そして電動ドリル。

水城「（神谷に）こいつでハードディスクを…、かな？」

神谷「（うなずく）」

船員②「（なにかに気が付いて）おい、まだいんのかよ。早く持っていけよ！」

船員（南）「すいません」

船倉の向こうを、船員（南）が台車を押して去っていく。
後ろ姿しか見えない。

神谷、気に留めず寝袋をめくる。
バラ売りの毛糸の束のようなものが出てくる。

神谷「…（触って）髪の毛？」

一同の様子を物陰から見ている一人称視点。

なぜか画面が上下に揺れている。
その人物のトントンしている足。
そして顔が映る。内山達生（23）である。

39　同・通用口

内山、携帯電話を取りだして、去りながらどこかに電話をする。

40　同・7階・廊下〜713号室（黒島の部屋）

二階堂が黒島の部屋に向かっている。
黒島の部屋の前に着き、ノックする。
黒島がドアを開ける。片手に携帯電話。

二階堂「…（携帯電話に気付くが触れない）」
二階堂、部屋の中に入って、
二階堂「大丈夫？」
黒島「うん。警察の人に止められなかった？」

二階堂「え？」
黒島「他のフロアに移動するなって放送があったから」
二階堂「あぁ…ご遠慮くださいって言われたから、ご遠慮しなかった」
黒島「（小さく笑う）」

41　同・710号室（朝男の部屋）

朝男が電話で誰か（尾野）と話している。
朝男「…だから言うなって。…理由？　説明しただろ？」

42　同・機関室通路

カバンを持ったシンイーが辺りをうかがっている。
消火ホース入れを見つけて蓋を開ける。
と、そこには、灯油ポンプ（醤油チュルチュル）が。
シンイー、ゆっくりと手を伸ばす…。
シンイーの後ろに人影が…。

振り向くシンイー。

シンイー「！！！」

43　同・外観

日が暮れている。

停泊しているカッチャトーリ号。

44　同・レストラン（夕食の時間）

菜奈、翔太、君子、黒島、尾野、早苗、正志、美里、吾朗、幸子、久住、藤井、浮田、俊明、クオン、イクバル、西村、木下、江藤、朝男、あいり、柿沼が集まっている。

淳一郎、シンイーの姿はない。

藤井と浮田がなにやら喧嘩中。翔太がなだめている。

浮田「もう一回言ってみろ！　コラ!!」

神谷と水城、船長が呆れて見ている。

翔太　「ちょ、ちょっと落ち着いてくださいって」

藤井　「…言っておくけど一番怪しいのはあんただからね？」

浮田　「いや、あんたこそ、管理人さんのこと殺したいって言ってたよなぁ？」

吾朗、ちらりと美里を見る。

美里はうつむいたまま。

水城　「…えー、お静かに願います」

藤井　「言いましたけど、何年も前の話ですからね」

神谷　「2年前の住民会のご発言でしたら、把握しています」

藤井　「…おいおい、誰かチクリやがったな」

翔太　「藤井さん（落ち着いて）」

水城　「あの、みなさまにご説明したいことが」

藤井　「(西村を指し）あの人、管理人さんにお金貸してました！」

西村　「は？」

藤井　「で、返してくれないってボヤいてました、金銭トラブルです！」

西村　「トラブルじゃないですよ。友人として貸したまでで」

騒ぎの中、木下が隣の早苗に小声で、

木下「トラブルがあったのは、榎本さん家ですもんね」
早苗「⁉」
木下「息子さんの件で」
早苗、咄嗟にナイフを取ろうとするが、
正志がナプキンに乗せたまま、スッと引いた。
水城「お静かに！」
翔太「みなさん、みなさん。静かにしましょうよ！」
水城「（翔太に会釈）えー、捜査の都合でフロア毎の食事になっていることをお詫び致します」
空席の淳一郎の席を見る君子。
空席のシンイーの席を見るクオン、イクバル。
水城「さらには船の故障状況により、あと数日、ここに留まっていただく可能性があることをですね」
翔太「は？」
水城「え？」
翔太「どういうことですか⁉　犯人と同じ船内であと何泊かなんて、そんな危険な目に菜奈ちゃんを遭わせられるわけないでしょ！」

菜奈　「翔太君！（やめて）」

と、美里が席を立つ。

水城　「どちらへ？」

美里　「あの、ちょっとご気分が悪くて…、すいません」

吾朗　「…」

黒島　「…」

菜奈、かしこまって、

菜奈　「あの、じゃあ、このタイミングで。…この度はこのようなことに巻き込んでしまって本当にすいません」

菜奈、頭を下げる。

翔太、追っかけ頭を下げる。

菜奈　「後日改めて…」

尾野、突然立ち上がり、

尾野　「黙祷ぉぉぉ！！！」

一同　「!?」

尾野　「みんなで管理人さんのご冥福をお祈りしましょう」

菜奈　「あ、…えっと（翔太を見る）」

翔太「そうだね。じゃあみなさんも」
一同、戸惑いつつも起立して、尾野に続く。

45 同・レストランの外(夜)

二階堂が中の様子をうかがっている。
二階堂「…」

46 同・機関室(夜)

何者か(浦辺)がコソコソと現れ、耐熱製の革手袋をした手で持ったバールで配電盤の蓋をこじあける。

振り上げられるバール。

火花が散り、一瞬の間の後、機関室の明かりが消える。

47　同・外観（夜）

明かりの消える船。

48　同・通路〜7階廊下（夜）

あいり、柿沼、浮田、菜奈、翔太、黒島、正志、早苗の順で非常灯の薄明かりの中、部屋に戻ってくる。
早苗がバッグに手を入れ黒島の背中を見ている。

柿沼（声）「…わ、こっちも暗ぇよぉ」
あいり「いちいちビビんなよ」
柿沼「管理人さん、殺されたばっかりだぞ？　もう少し恐がれよ！　かわいくねぇなぁ…」
あいり「…」
浮田「なぁ、停電で船沈んだりはしねぇよな？」
翔太「それはないと思いますよ」

７０１号室の前で立ち止まる、早苗と正志。

正志　「それじゃあ、おやすみなさい」

早苗　「おやすみなさい」

突然、「ドン」という音が聞こえた。

一同　「!?」

あいりが柿沼の胸ぐらをつかんで、

７０５号室のドアに押しつけたところだ。

あいり　「…かわいくないだと?」

柿沼　「(首が締まって返事ができない)」

浮田　「…おいやめろよ」

翔太　「喧嘩しないで!」

正志　「?・?・?・?」

早苗と正志はそれを見ながら部屋の中へ。

翔太　「(近寄っていって) 喧嘩しないでよ」

黒島、２人のやりとりに笑いながら７１３号室の前から、

黒島　「おやすみなさい」

菜奈「おやすみなさい」
菜奈「…（焦げたにおいに気付く）？」
菜奈、においを追ってあいりと柿沼へ視線を走らせる。
黒島が７１３号室のドアを開けるところだ。
と、７１３号室から炎に包まれた男
（軍手をはめ、ナイフを持っている）が飛び出してきた。
黒島「!?」
一同「!?」
黒島が逃げる方向に、男ももがきながら進む。
一同「!?」
菜奈「!?」
さらに逃げる黒島。その際に落ちる携帯。

49 同・通路〜階段（夜）

逃げる黒島と燃えながら進む男。
階段を転げ落ちる男。

二階堂が現れ、男に対して身構えるが、
男は力尽きて倒れた。

男　「(まだ息があり)ぉの…、…カ」

黒島・二階堂「…」

二階堂、備え付けの消火器を取り、
一瞬、背を向け、再び振り返ると、
黒島は微笑んでいたように見えた。

二階堂「…?」

翔太「ちょっと貸して!」

後ろからやってきた翔太が消火器を奪い、火を消す。

翔太「黒島ちゃん!　大丈夫!」

黒島「(怯えた顔に戻り、うなずく)」

二階堂「…」

遅れて、菜奈、あいり、柿沼、浮田、早苗、正志がやってきて、
男の死体を目撃する。
はじめてはっきり映る男の顔。それは南だった。

50　同・7階廊下（夜）

落ちたままの黒島の携帯に着信。
受信画面には「…」の表示。

51　同・713号室（黒島の部屋・30分後／停電中）

水城、刑事①②、鑑識が部屋の状況を確認している。

水城「この辺、良く撮っといて」
鑑識「わかりました」

薄明かりの中、神谷と刑事③が黒島に聞き込み中。
水城、廊下の方へ。

神谷「…ありがとうございました。一旦、休んでください」
黒島「…はい」
刑事③「こちらへ」
神谷「…（黒島の肩に触れつつ、刑事③についていくよう促す）」

黒島と刑事③、廊下を歩いていく。

×　×　×

神谷が水城に報告をしている。

神谷「焼死したのは、南雅和、52歳。2週間前からここで働いているそうです」
水城「で、この部屋の黒島沙和は面識がないと言ってると」
神谷「はい」
水城「じゃあ、南は何目的でここにいたんだ？」
刑事①「遺体のポケットからマスターキーが」
水城「窃盗か…」
刑事②「もしくは性的な暴行目的でしょうか」
水城「…なるほど。となるとこの停電も南が？」
神谷「確認中ですが、配電盤が壊されていたので、人為的な停電であることは確かですね」
水城「…うーん。………（目がビー玉みたいになる）」
神谷「水城さん？」
水城「…あぁ、スイッチ切れちゃったよ」
神谷「霧のせいで応援は来てくれそうにないですよ」
水城「…だよな。着替えも持ってきてないよ」
神谷「えぇ」

52　同・704号室（菜奈と翔太の部屋・夜／停電中～復旧）

菜奈が早苗と電話している。

菜奈「…でも部屋の外に出るなって言われてるから。…うん、…うん、早苗さん落ち着いて」

電話を切る、と同時に電気が復旧する。

53　同・謎の場所（ゴミ捨て場・夜）

【関係者以外立ち入り禁止】と書かれたドアから木下がカバンを抱えて出てきたところで、電気がつく。

木下「!?」

54　同・売店（夜）

久住が売店前で、電気がついたことにギョッとした顔をしている。

55　同・704号室（菜奈と翔太の部屋・夜）

菜奈が明かりを見ながら、

菜奈　「…ついた」

と、翔太がメモ用紙に図を書きながら、ブツブツ言っているのに気付く。

翔太　「…そうか、犯人はまず管理人さんを殺して…」

菜奈　「なにしているの？」

翔太　「その現場をあの船員さんに見られたので、口封じに焼死させた…、来た。ブルだ、来たよ！　…あ、いや、ちょっと待てよ」

菜奈　「…」

56　同・7階廊下・713号室（黒島の部屋）前（夜）

刑事と鑑識達の捜査が続いている。

刑事①　「ホシの南はここから40メートルほどガイシャの黒島を追いかけてます」

水城　「状況的には物取りというより暴行目的か…」

鑑識「水城さん」

ドアを確認していた鑑識が声をかける。

鑑識「…（ドアの下側面を指し）この焦げ方は、外から別の人物が灯油かなにかを流し込んだ可能性があります」

神谷「つまり、南はホシであると同時に、放火されたガイシャであるかもしれないと…」

水城「（犯人がわかったかのように）そうか…！」

神谷「なんですか？」

水城「ホガイシャだよ！」

神谷「え？」

水城「南はホシでガイシャだから、いわばホガイシャだ。な？」

神谷「…（一瞬、イラっとして）は？」

57 同・704号室（菜奈と翔太の部屋・夜）

翔太がまだブツブツ言っている。

翔太「…あれ、犯人はなんでわざわざ黒島ちゃんの部屋で船員さんを殺したんだろ。違う。船員さんが管理人さんを殺して、その現場を黒島ちゃんに見られたんだ！」

菜奈　「翔太君…」

翔太　「で、口封じに黒島ちゃんを殺そうと部屋に潜んでたら、身体が自然発火してしまった…わけがない！　違う！」

菜奈　「今はショックを受けてる黒島ちゃんのことを」

翔太　「あ！（と言ったきり固まる）」

菜奈　「……なに？」

翔太　「あの消火器を持ってた人って誰？」

×　×　×

二階堂から消化器を奪う翔太。

二階堂　「…」

×　×　×

菜奈　「…黒島ちゃんの彼氏のこと？」

翔太　「…（パーティーの写真の件を思い返している）」

菜奈　「…翔太君？」

翔太　「…」

58　同・6階廊下・602号室(二階堂の部屋)前(夜)

黒島、二階堂、神谷、水城、刑事③が会話している。

水城「助かりましたよ、お付き合いされている方が乗船してて」

二階堂「はい」

神谷「彼女さんをしっかり守ってあげてくださいね」

二階堂「(うなずく)」

黒島「…」

59　同・602号室(二階堂の部屋・夜)

黒島がベッドに座り、二階堂は落ち着かない。

二階堂「…なにか、飲みますか」

黒島「シャワー浴びていいですか?」

二階堂「え?」

黒島「焦げた匂いが服についてる気がして…」

二階堂「大丈夫、匂わないよ」

黒島　「…（意味ありげにじっと見る）」
二階堂「あ、いや。…どうぞ」
二階堂、背を向ける。
ユニットバスのため、その場で服を脱ごうとする黒島。
が、窓ガラスに着替える黒島が映る。
二階堂「…!?」
二階堂、戸惑いながらカーテンを閉める。
黒島　「手、握っててください」
二階堂「え？」
二階堂、驚いて振り返る。
黒島がこっちを見ている。
黒島　「…おねがい」
二階堂「……あぁ、はい」

×　　×　　×

【シャワールーム（90秒後）】
黒島がシャワーを浴びる音。
二階堂、複雑な表情でユニットバスの便座に座っている。

シャワーカーテンから黒島の手だけが伸び、
その手を二階堂が握る。

黒島（声）「…ごめんなさい。…一人じゃ怖くて」

二階堂「あ、いや、はい」

握り合っている手。

シャワーのお湯が排水口に吸い込まれていく――。

60　同・各部屋の点描（夜）

以降、各部屋の会話はなぜかノイズ混じりで聞こえづらい。

×　×　×

【701号室】

ベッドの上にナイフ、フォーク、ハサミ、ハンドミキサーなどが置かれている。

正志「…護身用？」

早苗「だって、あいつが近くにいると思うと不安じゃない？」

正志「どっから持って来たの？」

【702号室】

江藤がタブレットをいじりながら誰かと話しているが、

その人物は映らない。

江藤　「例えばこういうのはどうでしょう」

× × ×

【708号室】

美里が窓におでこを打ちつけている。

その様子を寝ているふりをしてうかがう吾朗。

× × ×

【刑事部屋】

刑事③が神谷と水城に南の資料を見せている。

また、ホワイトボードには、〝7階／同じマンション

（キウンクエ蔵前）の住人多数〟などの文字と一緒に、

〝床島（管理人）↑西村・金銭トラブル？〟

等も図が書かれている。

刑事③　「水城さん」

水城「はい」

刑事③「例のホガイシャですが、過去にこんなことが…7年前、高知県でホガイシャの娘である、南穂香《ほのか》ちゃんが何者かによって殺害されています。犯人は未だに見つかっておらず未解決となっています」

神谷・水城「…」

×　　×　　×

【706号室】

藤井と久住がトランプのスピードをしながら会話している。

俊明がジャッジ的立場で見ている。

藤井「…じゃあ童貞捨てたのいつ?」

久住「…遅いですよ、21です」

藤井「勝った! 俺、26!」

久住「(トランプに) はい、勝った! あがり!」

藤井「くそー!!!」

久住「六連勝!」

藤井「くそー!!!」

俊明「(呆れて見ている)」

61　同・どこだかわからない場所（602号室・夜）

盗聴器の受信機を耳につけた内山が謎の暗がりで
メールを打っている。
【…引き続き盗聴と報告（警告）を続けます。
また今後のために、ひとつ提案があります。早川の…】

内山「…」

その途中で、カメラはパンアップ。
と、そこがベッドの下であり、ベッドの上では
黒島と二階堂が裸で腕枕をして眠っているのがわかる。
再びカメラはベッド下の内山へ。
衣類用の消臭スプレーの商品名に斜線を引いている。

×　　×　　×

【同・デッキ】

誰もいないデッキ…、と思いきや
何者かが灯油缶を海へ投げ捨てる。

62　同・エレベーター（夜）

エレベーターがゆっくり開く。中には誰もいない。

63　同・デッキ（翌朝）（3日目）

3日目。
朝靄のデッキに、浮田がキョロキョロしながら出て来て、
ジッポーでタバコに火をつける。

64　同・7階廊下

幸子が一人で廊下を進む。
途中からシーン25と同じようなアングルに。
幸子、どこかの部屋に入るが、
今度はそれが702号室だとわかる。

65　同・704号室（菜奈と翔太の部屋）

翔太が朝のニュースを見ている。

アナウンサー「…亡くなったのは、カッチャトーリ号の作業員、南雅和さん52歳です。死因は焼死でした。火元は客室との事から、警察は出火原因を調べています」

菜奈、起きてきて、

菜奈「…？」

MC袴田の声「せっかくの船旅…」

66　同・708号室（美里の部屋）

美里が同じニュースを食い入るように見ている。

コメンテーターのドクター山際（45）が喋《しゃべ》っている。

隣には、MCの袴田吉彦。

袴田「火災に巻き込まれるとは乗客のみなさんも本当に怖かったでしょうね。山際さん？」

山際「そうですね。亡くなったのは作業員の方でしょう。火災発生が夜ということは、清掃作業でもないでしょうし火事の中乗客を助ける…」

美里「…」
と、吾朗がやってきて、
吾朗「おい、母さん知らないか？」
美里、黙ってＴＶを消し、布団をかぶる。
吾朗「…」

67　同・７０７号室（シンイーの部屋）〜７０７号室前廊下

クオンとイクバルが同じニュースを見ている。
アナウンサー「…尚、この船では一昨日にも乗客が海中から発見される事件が起きており、警察は関連を調べています」
袴田「（うなずいて）一旦、ＣＭです」
ジングル〝♪朝はマダマダ♪ハカマダ〜〟
クオン「なんでシンイーは戻って来ないんだよぉ」
イクバル「…まさかすでに殺人鬼に」
クオン「言うな！　…それ以上言ったら、切り刻んで、ゴイ・バップ・チュオイにしてやる！」

クオン、部屋を出ようとドアを開ける。
と、ドア前に木下が立っていた。

木下「あ…、…シンイーちゃんいる？」

クオン「…」

と、部屋の中で携帯が鳴る。

イクバル「クオン！」

クオン、木下に会釈してドアを閉め、電話に出る。

クオン「…もしもし？」

シンイー（声）「クオン？」

クオン「!?、…シンイー！」

シンイー（声）「2人とも、ごめんずら」

68　同・707号室（シンイーの部屋）前

木下がまだいて、なにか考えている様子。

69　同・708号室（美里の部屋）

美里と吾朗が言い合いをしている。

吾朗「…言えよ！　母さんをどこにやったんだよ！」
美里「ですから知りませんよ！」
吾朗「錦糸町で一番でかいホステスだったお前が、蔵前で一番チビの俺に惚れるわけないと思ってたよ」
美里「何の話してんですか…」
吾朗「管理人とコソコソ企んでいるのは気付いていたぞ！」

×　×　×

【回想　シーン18（メール内容が映る）】
美里に着信。
床島【今夜、決行】
美里が携帯をいじる手を止め、幸子の方を見る。

×　×　×

吾朗（声）「母さんを殺さなくても、遺産くらいくれてやるから！」

美里「…お母さん？」
吾朗「そうだよ。バレてるんだ！」
美里「お母さんの事は大嫌いだけど、大切にお世話してきたつもりです」

× × ×

【回想　シーン18　続き】
美里が幸子を見ている。と、再び着信。
床島【にしても、あいつ、よく喰うな】
が、幸子は朝男の挨拶を聞いていて食事をしていない。
美里（声）「それよりも…」
ピント（美里の視線）は幸子の奥の黒島に合う。
肉をほおばる黒島の姿…。
美里【最後の食事だね、あの子の】

× × ×

美里「…」
吾朗「…それよりもなんだよ？　言えよ」
美里「…」

× × ×

【回想　キウンクエ蔵前　管理人室】

美里　「…ばばあはそのうち寿命が尽きるけど、問題は、遺産の取り分がうちの人より隠し孫の方に多くなってるらしいってこと」

床島　「…黒島ちゃんか、…俺に任せとけ」

×　×　×

【回想　シーン26　デッキ】

美里　「…ひいいいいいー」

引き上げられた床島の死体。

×　×　×

【回想　7階廊下】

床島の遺体を見た美里、フラフラと戻ってくる。

と、黒島とすれ違う。

美里　「!?」

緊張してすれ違う。と、黒島が後ろから声をかける。

黒島　「赤池さん」

美里　「(裏返って)あ、はい、赤池です。私、私が赤池です」

黒島　「これ」

黒島、血の付いた床島の携帯を見せる。
画面に、美里からの【最後の食事だね。あの子の】のメールが表示されている。

黒島「落としましたよ」
美里「（つい背筋を伸ばして）…私のではありません」
黒島「…兵隊さん？」
と、内山が現れる。
美里、逃げるように部屋に。
覗き穴から外をうかがう美里。
黒島「（内山に携帯を渡して）捨てとけ」
内山「あっ、はい（携帯を受け取る）。あ、あの（さらに手を出す）」
黒島「（髪の毛を数本抜いて渡す）もうなくさないでよ」

×　　×　　×

美里「…」
吾朗「おい！　なんなんだよ！」
と、ノックの音が。
幸子（声）「吾朗ぉ、開けて！　吾朗ぉ」

吾朗　「…母さん、（とドアの方へ）」
美里　「…遺産より命ですよ」
美里、再び布団をかぶる。

70　同・704号室（菜奈と翔太の部屋）

翔太が携帯の検索結果を菜奈に見せている。
翔太　「菜奈ちゃん…こんなのが拡散されてる」
数年前に南の娘・穂香が殺されたネット記事。
【未解決事件まとめ　高知・豪雨の中の少女殺害】
菜奈　「…7年前の事件だね」
翔太　「疑問点をまとめたんだ」
菜奈　「…推理ごっこはやめようよぉ」
翔太　「まだこの船に、殺人犯が乗ってるかもしれないんだよ!?　菜奈ちゃんに危害が及ぶかもしれないし。今のうちに全力で犯人を推理するのは当たり前でしょ?!」
菜奈　「…ごめん」
翔太、書き留めたメモを次々とテーブルの上に置いていく。

翔太　「ねぇ、見て！」

【管理人さんと火だるま船員の関連は？】

【犯人が火だるま船員と管理人さんを殺した？】

【火だるま船員が管理人さんを殺した？】

【火だるま船員は、黒島ちゃんを
焼き殺そうとしてミスで自分が？】

【管理人さんと黒島ちゃんの2人に殺意が
あるってどういうこと？】

【逃げ場のない船で殺すメリットは？】

【犯人はキウンクエの住人？　それ以外の乗客？】

【火だるま船員には仲間がいる？　裏切られて燃やされた？】

【複数犯だとしてそのコンビとは？】

翔太　「…（複数犯のメモを指し）ポイントはここかな。一人でやるよりボロが出やすいし、なにか手がかりが…」

菜奈　「…」

71　同・外廊下

浦辺が泣き腫らした表情で海を見ている。

浦辺「…」

それを物陰から見ている久住。手に写真のようなものが…。

久住「…（荒い息）」

72　同・712号室（尾野の部屋）

尾野が部屋の中でなにかをナイフで執拗に細切れにしている。

ナイフの細かいリズムと「…おぉ！　おぉ！　…うひゃぁ！　ひゃあ！」という掛け声が、原始の呪術のよう。

73　同・エントランス

菜奈と翔太と朝男が会話している。

朝男「3人で寝る？」

翔太　「そうです」
菜奈　「（ため息）」
翔太　「犯人コンビは、警察が同乗している中で2人目の殺人を決行したんですよ。普通じゃないんです」
朝男　「うん、だから？」
翔太　「菜奈ちゃんを守るために、今日からアニキにも一緒に寝て欲しいんです」
菜奈　「（朝男に）断ってくれていいから」
朝男　「あぁ」
翔太　「アニキが真ん中でいいですから？」
朝男　「位置の問題じゃないんだよ」
翔太　「だって別れても菜奈ちゃんのことまだ好きでしょ？」
朝男　「…いやそれは」
翔太　「菜奈ちゃんはアニキのこと全然好きじゃないですけど」
朝男　「…（思わず菜奈を見る）」
菜奈　「…（思わず目を逸らす）」
朝男　「…」
翔太　「同じ菜奈ちゃんを愛する者同士、ここは協力しましょうよ」

苛立ってドンとテーブルを叩き、

翔太「アニキ！」

と、怒鳴り声が聞こえる。

見ると、君子が水城の腕をつかんで騒いでいる。

その周りで黒島、二階堂、淳一郎、神谷がアタフタしている。

君子「落ち着いていられるもんですか。もう我慢出来ない！」

水城「手が取れる…」

翔太「どうしたんですか？　どうしたんですか？」

君子「この人、犯人を教えたのに捕まえてくれないんです！」

菜奈「え？」

淳一郎「早合点はまずいって」

君子「慎重になってるうちに、もう一人殺されたんですよ？」

翔太「えっ、犯人を教えたって？」

君子、黒島を指さす。

君子「こいつよ！」

菜奈・翔太「え？」

黒島「…」

菜奈「あの、どういう…？」
君子「…夫は、この子の前の彼氏の件で、警察に通報しているんです」
黒島「…その節は」

×　×　×

【回想　キウンクエ蔵前・2階廊下】
コンビニ袋を持った波止陽樹《なみとめはるき》が黒島を蹴飛ばしている。
波止「…何でいつもスプーン、もらい忘れるんだよ！」
床島が現れ、
床島「…おい、なにしてんだ、ヤメロ」
床島、波止を羽交い締めにするが、振りほどかれて倒れる。
床島「あ、ごめんなさい！」
と、淳一郎が、神谷と水城を連れてくる。
淳一郎「こっちです！　ほら！　今日だけじゃないんです！」
水城「この野郎…！」
水城が体型に似つかわしくない素早いアクションで波止を押さえ込み、手錠をかける。神谷が黒島の前に立って、守っている。
床島、急に強気になって、

床島　「人に物を投げやがって、ふざけんな！」
と、波止を踏みつける。
水城　「（床島に）暴行罪！　現行犯！」
床島　「⁉」
神谷　「（黒島に）大丈夫ですか？」
黒島うなずく。

×　　×　　×

翔太　「なるほど、その元彼が逆恨みで管理人さんを殺したって訳ですね！」
君子　「全然違います」
翔太　「え？」
二階堂　「前の彼氏さんはもう死んでますしね」
黒島　「（二階堂が知ってることに驚いて）⁉」
君子　「それが言いたいの！　この子の周りでは物騒な事件が多すぎるの。元彼が死んで、この船で2人死んで。それで二の腕出して歩いてる学生、普通じゃないでしょう？」
黒島　「…」
君子　「この子！　物憂げな顔してうつむいて、実は男達の態度を冷静にうかがってんのよ！　長年女やってるとすぐわかるから！　〝ＢＣＧの注射跡残ってる世代〟を見くびらないで！」

と、君子、カーディガンをはだけ、

ノースリーブから出た肩に残る注射跡を見せる。

淳一郎　「お前も二の腕出してるじゃないか！　（一同に）すいません！　すいませんでした」

淳一郎、君子を連れて去っていく。その様子を見ていた菜奈、

ふと翔太を見ると、翔太がじっと黒島を見ていることに気付く。

菜奈　「……」

74　同・階段

淳一郎が君子を引っ張ってくる。

淳一郎　「落ち着けって！」

君子　「なんであなたが止めるの⁉」

淳一郎　「まだ確信が持てないから」

君子　「見たんでしょ？　あの男を」

淳一郎「……」

×　×　×

【回想　キウンクエ蔵前　103号室】

淳一郎が監視カメラの映像を怖い顔をして見ている。

淳一郎「……こいつ、何度も映ってる」

内山が敷地内でトントンしている映像。

×　×　×

【回想　船内　703号室】

淳一郎が目深に帽子をかぶり部屋を出ようとしている。

淳一郎「いたんだよ、例のトントン男が。ちょっと声かけてくる」

君子「そんなことしてどうするの？」

淳一郎「声かけは、犯罪を未然に防ぐのに有効なんだ」

君子「やめて、おねがい」

×　×　×

淳一郎「……わかった。刑事さんには俺から話しておくから」

君子、うなずく。

75　同・7階廊下

菜奈と翔太が部屋に戻りながら会話。

翔太「…どう思う、さっきの話」
菜奈「どうって…、黒島ちゃんが襲われるところ見てたでしょ？　犯人なわけないよ」
翔太「あれ、襲われてたのかな。閉じ込めて燃やしてたとか…」

×　　×　　×

【インサート　燃えている南】

×　　×　　×

菜奈「…本気で言ってるの？」
会話の途中で704号室前にたどり着き、鍵を探る。
翔太「〝黒島ちゃんが〟ってわけじゃないよ？」
菜奈「じゃあ」
翔太「だから黒島ちゃんの周りに危ないヤツがいて」
廊下の先の角から誰かが菜奈と翔太を見ている視点。
翔太「（小声で）…そいつが、南さんを火だるまにした、とか」

菜奈　「なんで？」

翔太　「…黒島ちゃんのこと好きなんじゃない？　だから黒島ちゃんの彼氏を殺して、
その後、何喰わぬ顔して彼氏の位置に納まっているとか」

菜奈　「それが今の…」

×　　×　　×

【インサート　二階堂】

×　　×　　×

菜奈　「彼氏だって言いたいの？」

翔太　「…。…菜奈ちゃん、部屋にいて」

菜奈　「え？　ちょっと!?」

翔太、怖い顔で去っていく。

菜奈　「…」

菜奈、追うか迷うが、部屋の中へ。

誰もいない廊下。

両側にドアが並ぶが、このアングルからは

それぞれの部屋番号はわからない。ドア（７１０）が開き、

朝男が出てきて、別の部屋（７１２）に入る。

ドア（706）が開き、久住が出てきて去っていく。
廊下の手前から木下がやってきて、
（707）のドアをノックするが反応がなく、走り去る。

76 同・702号室（江藤の部屋）

幸子がニコニコと江藤と会話している。

江藤「じゃあアプリの使い方は大体覚えたので、今日は新しいアプリをダウンロードすることを覚えましょう」

幸子「…それは美里さんもやってることかしら？」

江藤「みなさん、やられてますよ」

幸子「（不機嫌）美里さんに出来ないことを覚えたいのだけど」

と、ドアがノックされる。

幸子、驚いて振り返る。

×　　×　　×

江藤が西村を部屋に招き入れる。

江藤「あぁ、どうも」

幸子　「あら、またあなた」
西村、部屋に入るなり土下座して、
西村　「…昨日お話しした、我が社への出資の件ですが」
幸子　「もうしつこいわねぇ…」
西村　「お願いします！」

77　同・602号室（二階堂の部屋）

黒島と二階堂が部屋で気まずそうに座っている。
黒島　「…知ってたんですね？　前の彼のこと」
二階堂　「…波止さんですよね。調べてしまいました。亡くなったこと自体は大学でも噂になってたので」
黒島　「…」
二階堂　「でも、なにかを疑っていたわけじゃなくて、好きな人を亡くした黒島さんを支えてあげたいっていう、その…」
黒島　「どこまで調べたんですか？」
二階堂　「…他には別に」

黒島「…本当に？」

二階堂「（はぐらかして）…今まで黒島さんの周りでどんなことが起きてきたとしても僕は気にしないです。それは、あなたの過ごしてきた時間を軽視しているのではなく。…つまり、その…、すいません。うまく言えないです」

黒島「言葉にしてください。聞きたいです」

二階堂「…lim《リミット》n《エヌ》→∞Fn+1／Fn＝《むげんだいエフエヌぶんのエフエヌプラスいちイコール》」

黒島「…1+√5／2《にぶんのいちプラスルートご》？」

二階堂「そう。僕達は、古代メソポタミアでどんな風に数字が生まれたのか、その成り立ちは知らないけど、こうやって数式を解く事は出来るでしょう？　あなたの過去を知らなくても、この先の未来で起こる難しい問題を一緒に解いていくことはできます」

黒島「…」

黒島、涙をこらえるが、こらえきれずこぼれる。

黒島「…二階堂さん、私」

×　×　×

【インサート　高校時代の人を殺した黒島】

×　×　×

黒島　「…私」
と、ドアをノックする音。
黙って、無視しようとするが、
翔太（声）「黒島ちゃーん！　いるんでしょ？」

78　同・602号室（二階堂の部屋）前・廊下

黒島がドアを開ける。
翔太　「彼氏君もいるよね？」
黒島　「え、はい」
翔太、黒島を無理矢理廊下に出す。
黒島　「え？」
翔太　「ごめん、ここで待ってて」
翔太、ドアを閉める。
黒島　「…」

79　同・602号室（二階堂の部屋）

翔太、ズカズカと部屋の奥へ。

二階堂「…なんですか？」
翔太「手塚翔太です！」
二階堂「…そうですか」
翔太「いや、自己紹介しようよ。お互いに」
二階堂「…二階堂忍です」
翔太「変な名前だね。よろしく。いくつか質問いい？」
二階堂「…嫌です」
翔太「じゃあひとつだけ」
二階堂「答えたくありません」
翔太「結婚パーティーを覗いてたよね？　なんで？　どうして？」
二階堂「…暇だったので」
翔太「そもそもなんで船に乗ってるの？」
二階堂「…暇だったので」

翔太　「焼死した船員の南さんのことなんか知ってる？」

× × ×

【インサート　焼死した南。それを見て笑ったように見える黒島】

× × ×

二階堂　「…。…いくつ質問するつもりですか」

翔太　「答えて」

二階堂　「知らないです」

翔太、二階堂を壁に押しつけ、

翔太　「知ってる顔してたぞ！」

二階堂　「…離してください」

翔太　「2人も死んでるんだよ？」

翔太、二階堂の肩をつかみ、次第に力を入れる。

翔太　「…俺には守りたい人がいる。君は黒島ちゃんを守りたいって思わないのか？」

二階堂　「…守るつもりでこの船に乗ったんですよ！」

翔太　「…？、…どういう意味？」

二階堂　「…」

翔太　「誰から黒島ちゃんを守るの？」

二階堂　「……」

翔太　「……え、っていうか守るために、なんかした？」

×　×　×

【インサート　シーン70】

【複数犯だとしてそのコンビとは？】

翔太　「……（複数犯のメモを指し）ポイントはここかな」

翔太　「……もしかして君と黒島ちゃんの2人で」

×　×　×

80　同・602号室（二階堂の部屋）前・廊下

黒島がドアに耳を当てて、中の会話をうかがっている。

黒島　「……」

「ドン」と音が中から聞こえる。

黒島、表情を変えずにどこかへ去っていく。

81　同・602号室（二階堂の部屋）

二階堂が腕で翔太の喉を押し、
壁に押しつけている。

翔太　「悪いけど、腕力に俺も自信があるんだよね」
翔太、押しかえそうとするが、
二階堂、翔太をすくい投げ。
翔太、床に転がるが、そのままスクッと立つ。

翔太　「…痛いな！」

二階堂　「帰ってください」

翔太　「…菜奈ちゃんに手だしたら末代まで祟《たた》るからな」

二階堂　「…」
翔太、去りかけて、

翔太　「いや、お前の代で滅ぼしてやる」

二階堂　「…」

82　同・602号室（二階堂の部屋）前・廊下

翔太「…あれ、いない…？」

翔太が廊下に出ると、黒島の姿がない。
と、廊下の向こうから浦辺がやってくる。
翔太、浦辺とすれ違った後で、上着が気になり振り返る。
と、タッパーを持った尾野が立っていた。

尾野「わぁ、ここにいたぁ！」

浦辺はそのまま去っていく。

尾野「あのぉ、翔太さん、翔太さん」
翔太「後でも」
尾野「これ、食べてみてください」

タッパーの中にぐちゃぐちゃのなにか。

翔太「…なにこれ？」
尾野「離乳食です。手作りの」
翔太「えっ…俺が食べるの？」

尾野「内緒ですよ」
翔太「…？　…ごめん、後でもいい?」
翔太、浦辺が去った方とは逆に走り去る。
残された尾野、ニコニコして、タッパーから直接離乳食をゴクゴク飲み込む。

83　同・エレベーター

浦辺がエレベーターに乗り込もうとする。
と、久住がエレベーターに浦辺の写真を貼って愛撫している。
浦辺「!?」
久住「（気配を感じて振り返り）…はぁぅ!?」
浦辺「…」
久住「違うんです」
浦辺「…私の（写真）」
久住「あの、これは、その…」

×　　×　　×

【シーン54の前段階】

久住が写真コーナーから浦辺の写真を盗み、走り去りかけると売店前で、電気がつく。

× × ×

久住「すいません、写真に一目惚れして、でも、まさか乗ってると思わなくて、その声をかける勇気がなくて」

浦辺「…？」

久住「くそう、あなたにも、この子にも（エレベーターを撫でて）不誠実な真似を…」

浦辺「…」

浦辺、怖くなって、後ずさりでその場を去る。

久住、去った浦辺と閉まるエレベーターを見る。

84 同・階段～廊下

翔太がキョロキョロと黒島を捜している。

翔太「…もう、待ってろって言ったのに」

85　同・704号室（菜奈と翔太の部屋）

黒島が暗い目をしてどこかの部屋に座っている。
菜奈がお茶を入れて現れ、704号室だとわかる。

菜奈「…はい、お待たせ」
菜奈が湯飲みを置く際に、黒島は素早く部屋の中に視線を走らす
（内山の盗聴器を気にしてる）。
菜奈、黒島の視線に気付く。

菜奈「…（少し恐怖を感じるが、笑って）なに、相談ごとって？」
黒島「…」
菜奈「…」

86　同・7階廊下・704号室（菜奈と翔太の部屋）前（30分後）

ドアが開き、黒島が出てくる。
なぜか裸足だ。廊下に出てから靴を履く。

87

同・エレベーター

黒島がエレベーターの中へ。

6階を押しかけた時、携帯に着信が。

待ち受け画面は「…」。

黒島「…」

黒島、別のボタンを押し、扉が閉まる。

ランプは6階を通り過ぎてさらに下へ。

カメラは誰もいないエレベーターホールを映し続けている。

88

同・602号室／409号室（夕方）

以降、2つの部屋での会話。

内装はほぼ同じだが、窓の向きが602号室は西側、409号室は東側である（差し込む光の向きが違う）。

またほとんど映らないが、カーペットの色やカーテンの柄も違う。

黒島が部屋に入ってくる。
窓の外の夕日を見ている二階堂。

二階堂「…開けてみて」

黒島「…なに？　急に？」

二階堂「（首をかしげて、言い直す）開けてみて」

602号室のテーブルの上に指輪のケース。

黒島「（視線を落とす／ケースを見ているようにも見える）」

二階堂「…こんなこと、突然で、驚かせちゃうかと思ったけど」

黒島「…驚いたっていうか、どっちかっていうと」

二階堂「と、とにかく、開けてみて」

黒島「…」

二階堂「…（トーンを変えて言い直す）開けてみて」

黒島「…ありがとう、でも」

二階堂「…」

黒島「ごめんなさい。私、もう、前の私とは違うから。それは、急に、勝手に、私だけ変わってしまって、ごめんなさい」

二階堂「…」

黒島　「それと、今まで曖昧な態度を取っていたかもしれないとも思って。はっきり、さようならって、そう思ってます」

二階堂　「(うまく言えそうもないとうなだれる)」

黒島、その場を去る。

二階堂「うまくいく自信ないなぁ」と深くため息をつき、椅子に座り込む。

テーブルの上にポツンと指輪のケース。

二階堂　「…」

89　同・6階・エレベーターホール

翔太が黒島を探して歩いている。

と、エレベーターのランプが4階から上がってくるのに気付き、立ち止まる。

扉が開くと、黒島が立っていた。

翔太　「黒島ちゃん！」

黒島　「あ…」

翔太　「どこ行ってたの？」
黒島　「…（先程までの会話で頭がいっぱい）」
翔太　「（苛立ちが募り）聞いてる？」
黒島　「（うつむいて）ごめんなさい、後にしてもらえます？」
黒島、エレベーターから降りようとする。
翔太、思わず腕をつかむ。
黒島、強く振りほどく。
翔太　「!?」
黒島の目から涙がこぼれる。
翔太　「（ひるまず）ごめん、何の涙？　泣くことなくない？　俺、そういうのも全部、怪しいと思っちゃってるから、今」
黒島　「…」
翔太　「船員の南さんの事、知ってたんじゃないの？　どういう関係？」
黒島　「…」
翔太　「部屋で話そう」
翔太、黒島の腕を強引に引いて、部屋へ向かおうとする。
引きずられるような姿勢になる黒島。

黒島「やめて！」
と、それを菜奈が見ていた。
菜奈「…何してるの⁉」
翔太「あ…」
黒島、腕を振りほどいて、逃げていく。
翔太「ちょっと！」
菜奈「翔太君！！！」
翔太、追うのをやめる。

90 同・レストラン（夜）

ガランとしたレストランで神谷、水城、刑事①・②・③が
簡素な食事（カップヌードル／ドルジの店とコラボ）をしている。
刑事①「辛っ！」
水城「これはやりすぎだろ」
刑事①「なんでこんなの作ったんですかね」

客室係②③が現れて、

客室係②「お疲れ様です。見回り終わりました」

刑事③「ご苦労様です。次の時間は我々が」

客室係③「助かります」

刑事②「…ブータン料理は世界一辛いそうですよ」

91 同・704号室（菜奈と翔太の部屋・夜）

菜奈と翔太の言い合いがすでにかなりのテンションに。

翔太「…だからなんで黒島ちゃんと2人きりなんかになったの！」

菜奈「相談があるって言われたから！　え、ダメ⁉」

翔太「今は誰のことも警戒すべきだし、特にあの2人は怪しいし」

菜奈「ほんとおかしいよ⁉　翔太君」

翔太「え…」

次第に言葉が不気味なノイズ混じりになっていく。

菜奈「私達のお祝いに集まってくれた人達をさ、そんな風に怪しんで、疑って、…嫌だよ、そんなの」

翔太「…あの彼氏は、パーティーに呼んでないよ?」
菜奈「…ねぇ、刑事さん達に任せようよ」

92 同・706号室(久住たちの部屋・夜)

藤井、久住、俊明が部屋飲みしている。
3人の会話はノイズ混じり。
久住は泣いている。
俊明「…すごいですね、いつのまに失恋したんですかねぇ」
藤井「しかも2人同時にってどういうことよ?」

93 同・602号室(二階堂の部屋・夜)

黒島と二階堂が寝ている。
船舶の天気予報が流れている。

94　同・4階廊下（夜）

内山が耳に盗聴器をつけたままトントントンしている。
そのトントンが急に止まる。

95　同・外観（翌朝）（4日目）

4日目。
海に浮かぶ船。

96　同・5階・蓬田の部屋

蓬田が目を覚ます。蓬田、窓の外をうかがって、

蓬田　「あっ…、晴れた」

97　同・704号室（菜奈と翔太の部屋）

菜奈が目を覚ますと、翔太がいない。

菜奈　「…？」

98　同・デッキ

蓬田がデッキに出てくる。蓬田、朝日を一枚撮る。

蓬田（声）「おお、いいね。笑って笑っていい笑顔」

と、通り過ぎる海鳥。

蓬田、鳥を追って、カメラを構える。

【ファインダー越しの画】

蓬田が鳥を追うがなかなか収まらない。

蓬田　「合わねぇなぁ」

顔を上げ、改めて鳥の位置を確認。

蓬田　「…！」

蓬田、慌てた表情で再びカメラを覗く。
画面があちこち視点をさまよったあげく、マストの上のなにかで固定される。
手動でグイとよる。よりすぎてピントが合わない。
やや引いて、ピントがあった時、それが黒島の死体だとわかる。

蓬田「（カメラから顔を離して）わっ…」
蓬田、慌てて人を呼びに行く。
改めて黒島の死体、美しく朝陽を浴びている。

× × ×

【10分後】

一報を聞きつけ、船員・客室係や他の乗客が集まってきている。
菜奈もやってくる。

菜奈「（黒島の遺体に気付いて）…うそ」
菜奈、腰から砕ける。

幸子（声）「沙和ぁぁぁ！」
一同が振り返ると、幸子、美里、吾朗がいた。

美里「…」
幸子、よろよろと車椅子から立ち上がる。

吾朗　「…母さん？」

菜奈　「…」

　　と、その脇を二階堂が追い越していく。

　　二階堂、マストをよじ登り、黒島を降ろそうとする。

二階堂　「（わけのわからないことを叫ぶ）」

　　野次馬の隙間からいつの間にか翔太が見えている。

　　ようやく神谷と水城も現れ、「降りなさい」と言う。

　　さらに早苗、正志が現れる。

早苗　「えぇ…、（と絶句）」

菜奈　「（翔太に気付き）翔太君⁉」

　　が、翔太、走り去る。

菜奈　「…」

　　声や悲鳴が飛び交う中、二階堂はなにかに気付く。

二階堂　「…（指輪がない）」

　　二階堂、マストの上から、その場の人々を見回す。

99 同・7階廊下

「みなさまお部屋にお戻りください」という客室係に押されるように、菜奈・早苗・正志・藤井・久住・俊明・木下・江藤が戻ってくる。
木下、隙を見て、一同とは違う方へ、去っていく。
菜奈、うつろな表情で部屋の中へ。

菜奈「…」

100 同・704号室(菜奈と翔太の部屋)

菜奈、部屋を見回すが翔太はいない。

菜奈「…なんでいないの?」

101 同・701号室(早苗の部屋)

早苗と正志が会話している。

早苗　「…他にどういう理由だと思うの？」
正志　「わからないけどさぁ、そりゃ、いろんな可能性が」
早苗　「あいつがどういう人間だったか私達はわかってたじゃない」
正志　「まぁ、うん」
早苗　「絶対、誰かに復讐されたんだって」

102　同・602号室（二階堂の部屋）

神谷と水城が二階堂に事情聴取をしている。
二階堂　「…多分、12時には寝たかと。…2人で」
神谷　「朝は何時に起きましたか？」
二階堂　「…はっきりとは、…すいません」
二階堂、ベッドサイドの指輪ケースを見ている。
証拠隠滅したい犯人のようにも見える…。
二階堂　「…もういいですか」
神谷　「申し上げづらいのですが、ちゃんとお話を聞かせて頂くまでは、同部屋のあなたが第一の容疑者という…」

二階堂、いきなり神谷につかみかかる。

神谷　「…！」

神谷、制しようとして2人とも倒れ込む。

水城　「神谷！　神谷！　ヤメロ！（と諌《いさ》めて）…すいません、犯人を捕まえるためにご協力ください」

二階堂　「…はい」

水城　「では、捜査のためにこちらの部屋はしばらく立ち入り禁止になりますので、お荷物を」

二階堂　「…わかりました」

と言いながら目線は床に転がった指輪ケースに。

そこへ木下が現れる。

木下　「あのぉ、お伝えしたいことが…」

水城・神谷は木下の方へ。

二階堂、指輪ケースをさっとポケットにしまう。

103　同・701号室（早苗の部屋）

早苗と正志の会話が続いている。

早苗「…総ちゃんは？　総ちゃんは大丈夫かな」

正志「総一は関係ないだろ？」

早苗「…だって」

×　　×　　×

【回想　公園】

黒島と総一がハムスターを抱えている。

黒島「…最初はさ、小さくて、鳴かないやつから始めるといいよ」

総一「…（徐々に手に力を入れていく）」

物陰から早苗が目撃して、仰天している。

×　　×　　×

早苗「…総ちゃんも、悲しいけどあいつと同じ種類の人間じゃない？」

早苗、総一の写真を額から取り出す。

総一の写真は折り曲げられていた。

折り返すと、総一の横に黒島が映っている。

早苗、写真の黒島の部分をちぎって、むちゃむちゃ食べながら、

正志「ママ、何やってんのやめようよママ！」

早苗「総ちゃんを止めなきゃ…」

正志「そのための留学だから。向こうで大人しくしてるって」

早苗「いつか誰かに復讐されちゃう」

早苗「…シカゴってどっち⁉」

104 同・606号室（浦辺の部屋）

浦辺がスクラップした穂香に関する新聞記事を見ている。

ページをめくると松井に関する記事だがよく見えない。

（【溺死した大学生の3つの謎】

【事故？　不審死？　家庭教師の突然の最期】）

が、隠し撮りした黒島の写真が複数枚、

ファイルされているのは見える。

浦辺「…」

物音がして振り返る（監禁しているシンイーが音を立てた）。
と、ノックする音。

浦辺「…」

105 同・602号室(二階堂の部屋)

木下が自分の本【ゴミソムリエの資格を取ろう】を見せている。

木下「…あと、他にも十数冊、出してるんですけど」
神谷「あの、すいませんが本題を…」
木下「えっと、ですね」

刑事①が二階堂をずっと見ている。

刑事①「…そろそろ」
二階堂「はい」

二階堂、話を聞きながら私物を鞄に詰めていると、鞄の中にスプレーが入っているのに気付く。
ベッドの下で内山が持っていたものだ。

二階堂「…?」

木下の会話が続く。

木下「つまり、私は元々、仕事でゴミを漁っているという前提で聞いてください」

水城「はい！」

×　×　×

【回想　船のゴミ捨て場】

木下がゴミ袋を開けて写真を撮りメモをしている。

木下（声）「…707号室に泊まっているシンイーちゃんが一昨日の夜から姿が見えないんです。同室の人達に聞いても明らかになにか隠してる態度だし…、で」と、ゴミ袋の中からなにかを見つける。

木下「…？」

×　×　×

木下「606号室のゴミ袋から、シンイーちゃんの痕跡が」

木下、食べかけの林檎の写真を見せる。特徴的なかじり跡。

水城「……これが？」

×　×　×

【シーン18　別バージョン】

シンイーが食べ途中の付け合わせの人参グラッセを木下に見せる。

より人参グラッセが大きく映り、かじり跡までわかる。

シンイー「ねぇねぇ、見てけろ。私、歯の形が独特なんダス」

木下「うん、見せないでいいよ」

× × ×

木下「なにか事件に巻き込まれたんじゃないかと思って」

神谷・水城「…」

水城「606って？」

神谷「…浦辺優という女性客です」

× × ×

【回想　シーン37】

神谷「ちなみに、海はお嫌いですか？」

浦辺「え？」

神谷の視線の先には、閉め切ったカーテン。

× × ×

水城「…神谷！」

神谷「…」

106　同・6階廊下・606号室（浦辺の部屋）前

神谷、水城が606号室のドアをノックする。

水城「浦辺さーん？」

602号室のドア前で木下、そして部屋を出ようとした二階堂と刑事①が様子を見ている。

水城、ドアに耳を当てる。

と、中から大声が聞こえてくる。

水城「下がって！　中に殺人犯が…」

とその瞬間、ドアが開き、翔太が飛び出してくる。

一同「!?」

翔太「あっ…」

水城「（神谷に）おい！（と部屋の中を指す）」

部屋の中で浦辺が倒れている。

翔太「あの人っ、あの」

水城、翔太に飛びかかり、もみ合いになる。

水城「神谷！（手伝え）」
神谷「はい！」
と、神谷よりも先に二階堂が飛んできて、蹴りで翔太を失神させた…。
水城、翔太を刑事①に任せ、部屋の中へ。
水城「頼んだ」
刑事①「はい」

107　同・606号室（浦辺の部屋）

部屋の中で浦辺が倒れている。
神谷「（廊下に向かって）医務室に連絡お願いします！」
刑事①「了解」
水城、部屋を見回し、クローゼットに当たりをつけて開ける。
と、中にシンイーがいた。
シンイー「ぎゃぁぁぁぁぁ！」
水城「うわぁぁぁぁ！」

と、正志が駆け込んできて、

正志「すいません！」
水城「うわぁ！」
正志「妻が！」

108　同・デッキ

正志、神谷、水城が海を覗き込む。

正志「（指さして）あれ！　何とかしてくれぇー」

109　海

バタフライでシカゴを目指す早苗。

早苗「総ちゃーん！」

×　　×　　×

【シーン108　同・デッキ】

正志「ママー‼」

【シーン109　海】

早苗の去った後に、救命剤がゆっくり流れてくる。

×　×　×

110　カッチャトーリ号・医務室

浦辺がベッドに寝かされている。
神谷と水城が医者からの説明を受けている。

医者　「肋骨が折れているのと、背中にあざがいくつか」
水城　「意識は戻りそうですか？」
医者　「えぇまぁ。ただ、なるべく早く大きな病院に移送したいですが」
水城　「だとして、こいつらは…」

と、今まで映っていなかったベッドに、
翔太と早苗が寝かされているのがわかる。

早苗　「総ちゃん…」

その脇の椅子ではシンイーが座っている。

水城　「どこから手をつけたものか…」

111　同・医務室前

菜奈と神谷が会話している。
脇にはクオンとイクバルの姿も見える。

神谷「…ですので、旦那さんはしばらくここで」
菜奈「はい。怪我をされた女性の方は？」
神谷「大丈夫だと思います。ただ、状況がわからないので、旦那さんを容疑者として扱わせて頂きます」
菜奈「…あの、本当に暴行を？」
神谷「現行犯ですので。それに昨夜、被害者の部屋があるフロアで旦那さんを目撃したという情報も…」

ため息をつく菜奈。
ふと視線を感じて見ると、二階堂が立っていた。

二階堂「…（菜奈に会釈）」

112　同・704号室（菜奈と翔太の部屋）前・廊下

菜奈と二階堂が会話しながら歩いている。

二階堂　「すいません、〝殺人犯〟だなんて刑事さんが言うので、つい…」

菜奈　「（〝いいです〟の意で首を振る）そんな、…今は黒島ちゃんのことで、あれだと思いますし、お気を…」

二階堂　「（表情を変え）ただ、旦那さんはなにをされていたんですか？　…黒島さんのこととなにか関係が？」

菜奈　「…」

×　　×　　×

【シーン89】

翔太、黒島の腕を強引に引いて連れていこうとする。

翔太　「行くよ!!」

×　　×　　×

【シーン98】

マストに吊るされた黒島の死体。

菜奈　「(翔太に気付き) 翔太君!?」
　　　が、翔太、走り去る。

×　　　×　　　×

菜奈　「…関係ない、と…思いたいですけど、…夢中になるともう、一直線になるので…」
二階堂「…」
菜奈　「…あの、これ言うと、かばってると思われるかもしれませんけど、犯人は別にいる気がしていて」
二階堂「…理由は?」
菜奈　「昨日、黒島ちゃんが部屋に来たんです」

×　　　×　　　×

【回想シーン85の続き】
菜奈　「はい、お待たせ」
　　　菜奈、顔を上げて、黒島の視線に気付く。
菜奈　「…なに、相談ごとって?」
黒島　「…」
菜奈　「…二階堂君だっけ?　いい人そうじゃん」
黒島　「え、なんですか、急に」

菜奈「そういう相談でしょ？　はい、靴下脱いで」
黒島「え？」
菜奈「リラックスして、いっぱい話したいから」
黒島「…ありがとうございます」
2人して靴下を脱ぎ始める。
菜奈「…あっ、いいくるぶししてるね？」
黒島「えぇ？（さすがに笑う）」

×　×　×

二階堂「…恋愛の相談だったんですか？」
菜奈「最初はそう思ったんですけど…」

×　×　×

【回想　シーン85の続き】
菜奈「…恨まれてる？」
黒島「（自嘲気味に笑って）えぇ、いろいろあって」
菜奈「…？」
黒島「こういうのって、二階堂さんに話すべきだと思いますか？」
菜奈「ごめん、ちょっと私、話がわかってない」

黒島　黒島、表情に陰を増し、

菜奈　「…菜奈さんが聞いたら、きっとびっくりしちゃう私の過去を二階堂さんだけには話すべきだと思いますか？　それとも隠し続けるべきだと思いますか？」

黒島　「…」

菜奈　黒島、諦めにも似た笑みを浮かべ、

黒島　「ごめんなさい、変な話して。帰ります」

菜奈　「あっ、待って！」

黒島　「…」

菜奈　「…私なら黙ってるかな」

黒島　「…」

菜奈　「黒島ちゃんが今、抱えていることを全て話せばすっきりすると思うけど、今度はそれを二階堂君が抱えることになると思うのね。悩みは解決しないまま、移動するだけで」

黒島　「…」

菜奈　「だから、本当に二階堂君のことを思っているなら、黙ってた方がいいと思う」

黒島　「…」

×　×　×

二階堂「……」

菜奈「……その、黒島ちゃんの、言えない過去に関わっている人が犯人なんじゃないかって」

と、船がガタンと揺れた。

菜奈、窓の外を見る。

菜奈「……動いた？」

二階堂「港に着いたら犯人に逃げられる」

二階堂、去ろうとする。

菜奈「あの？」

二階堂「……黒島さんのことを全部知ってる人が、多分僕よりも知ってる人が船に乗ってるんです」

菜奈「え？」

二階堂「僕は、その人が黒島さんになにかするんじゃないかと思って船に乗ったし、ずっと見張ってたんです」

×　×　×

【回想　レストランの外（写真に写り込んだ時）】

二階堂がパーティーの様子をうかがっている。

二階堂「その人を探し出せばきっとなにか知ってるか、それか」
菜奈「それか？」
二階堂「その人が犯人です」
菜奈「…」
二階堂「言い直します。その人か、あなたの旦那さんが犯人です」
菜奈「…」

×　×　×

113　同・702号室（江藤の部屋）

幸子が江藤と西村を怒鳴っている。
江藤の前にはＰＣ。
幸子「はぁ⁉　コンピュータは魔法の箱なんじゃないの？」
江藤「…さすがに警視庁のサーバーをハッキングするのは」
幸子「なんとしても手がかりを手に入れなさい。孫の仇討ちです」
江藤「えっと…、他に犯人につながる情報…」
幸子「（携帯を投げて）迅速に！」

江藤　「(西村に小声で) 黙ってるのずるいっすよぉ」
西村　「…」

114　同・デッキ

早川教授と研究員が海を覗き込んで作業をしている。
「回収、回収」「いや機材と魚が絡んじゃってるんすよ」
等、聞こえてくる。
船長が現れて、
船長　「早川さん、早川さん。困りますよ。勝手に再開されちゃあ」
早川　「違うんですよ、ほら」
海に蛍光色の油のようなものが浮いている。
早川　「研究途中のサンプルが海に落ちたみたいで。あれだけでも回収させてください」
一方、クレーンの操作元に菜奈と二階堂が現れる。
二階堂　「あの、すいません」
研究員　「…二階堂。お前も乗ってたのか?」
二階堂　「はい」

研究員　「まさか黒島と一緒に？」
二階堂　「そのことで内山さんを探してるんですが」
研究員　「内山って、ニヤケ祐司のこと？」
二階堂　「はい、知りませんか？」
　海を覗き込んでいる面々が騒がしくなってくる。
早川　「おい！　上がるぞ」
研究員　「一旦、待って。すぐ終わるから」
　続いて、機材と大きな鮫が絡まったまま釣り上げられて、逆さの状態で宙に浮いている。
研究員の声　「魚って鮫かよ」
菜奈・二階堂　「…」
研究員の声　「オーライ、オーライ」
　そのまま逆さ釣りの鮫が回転していく。
研究員　「あのさ、誰か、内山見たヤツいる？」
　鮫の口の中が見えてくる。
　中にはニヤリと笑った内山の首が咥《くわ》えられている。
　ポロンと首が落ち、悲鳴があがる。

二階堂「…内山さん」
菜奈「え？」
デッキに転がった内山の首。

115　同・刑事部屋

発見された死体についての報告が行われている。
ホワイトボードには遺留品などの掲示が増えている。
刑事①「…乗客、従業員共に、全員確認が取れています」
水城「となると、この首だけパッタイはどこから…」
神谷「近くの漁船から転落した漁師とか…？」
刑事②「ひとつ気になることが」
刑事②、淳一郎からもらった内山の似顔絵を出す。
異常に上手い。内山を囲むように動物が数種類。
刑事②「これは…」

×　×　×

【インサート】

刑事②（声）「乗客の田宮淳一郎から提供されたものです」

淳一郎が刑事部屋に来て、紙を置いていく。

×　×　×

刑事②「この人物が事件に何らかの関わりがあると言ってました。あと周りの動物は筆が乗っただけで意味はないとも言ってました」

水城「…こいつの身元は？」

刑事②「さぁ」

声「彼は…」

一同が振り返ると、早川教授が立っていた。

早川「うちの学生ですよ。この船に乗っていました」

神谷「間違いないですか？」

早川「ええ。一昨日だったか、私の部屋に来たので、少し話をしました」

神谷「どんな話を？」

早川「大した話ではありません。研究の進み具合とか。彼もなかなか優秀な学生だったので」

水城・神谷「…」

116　同・704号室（菜奈と翔太の部屋）

菜奈と二階堂が途方に暮れている。

二階堂「…内山さんは多分、黒島さんより先に殺されていると思います」

菜奈「…私、ひどいんです。内山さんという方が犯人であって欲しいって、心のどこかで思ってて」

二階堂「…それは、旦那さんだと思いたくないからですか？」

菜奈「…（うなずく）すごく愛してもらって。まだその100分の1も愛し返せてないんです。だから私、もし翔太君が本当に間違ったことをしてたとしても…、…ごめんなさい。こんなこと、思っても口にすることじゃないね」

二階堂「…いいえ、それは僕も同じです」

菜奈「…え？」

二階堂「…お互い、どういう結末になっても、受け入れましょう」

菜奈「…はい」

二階堂、指輪ケースやボトルを取り出す。

二階堂「…ポイントはこの2つだと思っています」

菜奈「…？」

117　同・刑事部屋

シンイーが刑事部屋に来ている。
目の前の鞄の中に偽造パスポートの山。

神谷「……この偽造パスポートは君の所持品で間違いないね？」
シンイー「友達が必要だからってイクバルが手配したものです。家に置いてくんのも心配で持って来ちゃはっちゃんですが、んだらば、みなさん来ちゃって、隠した方がいいねってなって…」

×　×　×

【回想　シーン42の続き】
シンイーが灯油ポンプと灯油缶に手を伸ばす。
そこへ背後から近づく影。
振り向くと浦辺が立っていた。
浦辺、手に持ったスパナを振り上げる。
シンイー「!?」

×　×　×

【回想　浦辺の部屋】

浦辺がシンイーを紐で縛っている。

シンイーの頭には包帯。

浦辺　「ごめんなさい、邪魔されたくないのでこんなことしちゃってるけど、あなたを絶対傷つけないので」

シンイー「（上目使いで包帯を見て）すでにパックリ傷ついてるじょ」

浦辺　「…これ以上は傷つけないし、全部が終わったら帰してあげるから」

シンイー「…」

浦辺、テーブルの上に広げられた偽造パスポートを見遣《みや》って、

浦辺　「あなたも、事情があるみたいですし、お互いのために言うこと聞いてくれませんか？」

×　×　×

水城　「〝全部終わったら〟とはどういう…？」

シンイー「最初は教えてくれなかったべっちゃ。だっけん…」

×　×　×

【回想　浦辺の部屋】

浦辺とシンイーがクローゼットのスリット越しに話している。

シンイー「…黒島さんが⁉」
浦辺「私じゃないからね？」
シンイー「いや、浦辺さんだとは思ってないですけど…」
浦辺「そう？　でも私、あの子を殺すためにこの船に乗ったんだよ？」
シンイー「（冗談だと思い、小さく笑う）」
浦辺「私の彼、あの子に殺されたから」

×　×　×

水城が驚いている。
水城「ちょっと待ってください、話が…」
シンイー「浦辺さんは松井さんという方とお付き合いしてて、その松井さんは黒島さんの家庭教師だったそうです」

×　×　×

【回想　高知時代の黒島の部屋】
黒島が松井に勉強を教わっている。
黒島「私、先生のおかげで、これからどうしたらいいのか、考えられるようになったんです。そうしたら、消えたいとか思わなくなってきたんです。だから、松井先生ありがとう」

松井「……」
シンイー（声）「松井さんからは〝思春期の女の子だし、支えになれば〟って聞いていたそうで。だから」

×　×　×

【回想　海】
崖から海へ落ちてゆく黒島と松井。

×　×　×

【回想　高知署】
松井の遺体の元へ浦辺が駆けつける。
浦辺「…」
シンイー（声）「松井さんと黒島さんが海で事故にあって、松井さんだけが亡くなった時も、黒島さんを疑うことはなかったそうです。でも」

×　×　×

【回想　病院　黒島の病室前】
浦辺が黒島の病室を見舞いに訪れている。
ドアをノックしようとして、
隙間が開いてることに気付き、中を覗く。

浦辺「…？」
病室内では杖をついた幸子が黒島を抱きしめている。
幸子「…後の処理は任せなさい」
黒島「…」

×　×　×

シンイー「黒島さんが赤池建設の社長の隠し孫じゃないかという噂を後で知って引っかかったそうなんです。この会社は地元ではすごい悪い噂がいっぱいあって…」

×　×　×

【フラッシュ　工事現場】
幸子が笑いながらユンボでなにかを埋めている。

×　×　×

シンイー（声）「ライバル会社の社員を建設現場に生き埋めにしたらしいとか…」

×　×　×

神谷・水城「…」
シンイー「探偵を雇ったり、自分も上京した黒島さんを追って、いろいろ調べているうちに…」

×　×　×

【回想　葬儀場】

浦辺が「波止家」と書かれた葬儀場の様子をうかがっている。
黒島はいない。

シンイー（声）「当時の彼女さんが亡くなってたり…」

× × ×

【回想　葬儀場裏】
浦辺、喪服姿の黒島が内山と談笑しているのを目撃。

黒島「事故は事故だけど、あんたがやったの？」

内山「そうかもしれません…」
笑い合う2人。

浦辺「…」

× × ×

【回想　公園】
浦辺が、黒島と総一の様子を物陰からうかがっている。
黒島と総一のもとに、猫の入ったケースを抱えた内山が現れる。
3人、そのまま木陰に消える。
浦辺、なにをしているのか確認しようと近づこうとする。
が、目の前を同じように木陰に近づいていく男に気付く。

男、人の気配に気付き、振り返ると、南であった。
南、浦辺の視線に気付くと逃げるように去っていく。
浦辺、慌てて鞄からファイルを取り出しめくる。
「穂香ちゃん」事件の記事の、南の写真を確認。

浦辺「…」

シンイー（声）「…黒島さんを追っている人を確認して、自分の考えに確信を持ったそうなんです」

× × ×

シンイー「黒島さんは何人も殺してるって…」

神谷・水城「…」

118 同・413号室（早川の部屋）前

早川が部屋に入ろうとすると、声がかかる。

二階堂（声）「教授」

振り返ると、菜奈と二階堂が立っていた。

早川「…？」

119　同・刑事部屋

シンイーの話が続いている。

水城　「では南雅和も黒島沙和を狙っていたと？」

シンイー「（うなずく）」

神谷　「だとして、なぜ燃えていたのか…」

シンイー「…それについては浦辺さんなんです」

×　×　×

【回想　シーン46の続き】

浦辺が配電盤を開け、中の器具を破壊する。

×　×　×

【回想　713号室前】

南が黒島の部屋にマスターキーで入る。

ドアが閉まる瞬間、浦辺が現れる。

シンイー（声）「浦辺さんは黒島さんが部屋に入ったと思って…」

浦辺が黒島の部屋に灯油を注ぎ込み、火をつける。

浦辺　「！」

あいり（声）「いちいちビビんなよ」
柿沼「管理人さん殺されたばかりだぞ」
慌ててその場を去る浦辺。
火はドアの下から吸い込まれるように消えていく。

× × ×

神谷・水城「……」
シンイー「…浦辺さん、すごく後悔していました」

× × ×

【回想　浦辺の部屋】
シンイーが浦辺を慰めている。
シンイー「元気だすなり。自首して、罪を償って…」

× × ×

水城「ストップ。…浦辺は黒島沙和を殺そうとしたが、殺したのは自分ではないと？」
シンイー「でもほんとうに浦辺さんは殺してないと思います」
水城「どうしてそう思うんですか？」
シンイー「…だって黒幕が現れたので」

× × ×

【回想】

シンイーがうとうとしている。
物音で目を覚ますシンイー。
スリットから覗くと、翔太が浦辺を殴っている。

シンイー「⁉」

×　×　×

神谷「その話を最初にしてくださいよ！」
シンイー「物事には順序ってもんがあるだべっちゃ」
水城「まぁ元より、この男には話を聞くつもりだったが…」
神谷「…」

120　同・デッキ（夜）

乗客達が動く船に歓声をあげている。
船内放送が流れる。

船内放送「…お待たせ致しました。当船はこのあと最終チェックを終えたのち、帰港致します」

121　同・704号室（菜奈と翔太の部屋）（夜）

菜奈と二階堂が放送を聞いている。

船内放送「…帰港予定時刻は明日午前10時となります」

二階堂、時計を見て、

二階堂「…あと12時間ですね」

菜奈「（うなずく）」

122　同・702号室（江藤の部屋・夜）

江藤がまだPCをいじってる。

脇で幸子、西村が見ている。

江藤「…ひと通り試しましたけど（首を振る）」

幸子「…（諦め顔）」

西村「あのぉ、これは私が普段、雇ってるバイトが悪口書いてないか、調べる時に使う手なんですけど…？」

幸子・江藤「…は？」

× × ×

西村「…例えば、黒島さんの大学近くのカフェの名前、スペース、授業、スペース、サボっちゃった、で検索してみてください」
江藤、言われた通りにカチャカチャ入力。
江藤「…いくつかチーズケーキが美味しいみたいな投稿が」
西村「はい。で、このアカウント名を…、アルファベッドを逆にして検索してみてください」
江藤「（話の途中から入力）何も出てこない」
西村「じゃあ、アカウント名の真ん中あたりにピリオド…、とか、全ての文字の後ろにハイフンとか…」
江藤「…！　出て来た。これ、さっきの人の裏アカですね」
西村「そう。この裏アカと相互フォローしてる人をリストアップして」
幸子「…？（話についていけない）」

123　同・刑事部屋〜刑事部屋前（夜）

神谷と水城が休憩している。
テーブルの上には空になったカップ麺。水城は居眠りをしている。
と、ドアがノックされる。

神谷「…？」
神谷がドアを開けると、菜奈と二階堂が立っていた。

菜奈「すいません、協力して頂きたいことが」

神谷「…」
神谷、寝ている水城を一瞥。廊下に出て話を聞く。

124　同・医務室（夜）

翔太がなにかを気にして目を覚ます。

翔太「…（状況が判断できず天井をみつめる）」
翔太、寝汗を確認するかのように首をぬぐい、服を摘《つ》まんだ。

125　海（翌朝）（5日目）

5日目。

海を進む船。

126　カッチャトーリ号・医務室

意識を取り戻した浦辺。

127　同・レストラン

菜奈、淳一郎、君子、早苗、正志、美里、尾野、幸子、吾朗、久住、藤井、浮田、俊明、西村、木下、江藤、朝男、柿沼、あいりが集まって食事中。

翔太、シンイー、クオン、イクバルの姿はない。

幸子、江藤、西村はヒソヒソ会話しながら食事をしている。

幸子　「あれはいつ？」
西村　「えっ、この場でですか」
幸子　「これにするつもり！」
　　　幸子、口に手を当てる。
江藤　「今しかないでしょう」
西村　「いやいや2人ともちょっと待ってくださいよ」
あいり　「…なんか少なくない？」
柿沼　「取り調べしてるみたいよ」
浮田　「…この中に犯人がいる可能性もあるな」
あいり・柿沼　「…」
浮田　「よく見ておけよ。罪を犯した人間が、平然と飯を食ってる姿をよ。人は簡単に嘘の仮面をかぶることが」
あいり　「自分も前科者だよね？」
浮田　「…」
淳一郎　「（君子に）ちょっとトイレに行ってくる」
君子　「えー」
　　　と、なぜか水中銃を持った二階堂が入ってくる。

一同、ざわざわと注目。

二階堂、そのまま菜奈に近づき、

二階堂「持ってきました」

菜奈、一同の注目の中、水中銃を受け取る。

菜奈「ありがとう。これ、弾はどうするの？」

二階堂「弾じゃなくて、スピアって言います」

菜奈と二階堂、一同の前で水中銃にスピアを装着。

早苗「…菜奈さん、それは…？」

菜奈「（一同に銃口を構える）」

一同「!?」

菜奈「お食事中、すいません。時間もないので全員、起立でお願いします」

ガラス戸の向こうから、神谷が見ている。

128　同・医務室

神谷がドア越しに、水城と刑事③と翔太にレストランの状況を伝えたところだ！

翔太　「菜奈ちゃんが⁉」
水城　「どこだ？」
神谷　「デッキです！」
バタバタと去っていく一同。
浦辺と事情聴取に来た刑事①②が一連の様子を見ていた。
浦辺　「…？」

129　同・デッキ

デッキに集合させられた住人一同。
デッキの隅では、早川教授がなにか準備をしている。
藤井　「…（皿にのった朝食を食べながら）…なんなの？」
久住・俊明「（それぞれ首をかしげる）」
二階堂、菜奈に目で合図。
菜奈　「…みなさん、彼は黒島さんとお付き合いしていた二階堂さんです」
二階堂「（会釈）こんなことはしたくなかったんですが、港に着く前にはっきりしておきたいことがありまして…」

早苗　「あの、事情話してもらえれば、みんな協力はすると思うよ?」

菜奈　「…もう一人、ご紹介します」

ボトルを持った早川教授がゆっくり近づいてくる。

菜奈　「…黒島さんが通っていた大学の早川教授です」

一方、デッキに神谷、水城、刑事③、翔太が現れる。

神谷　「ほら、あそこ!」

翔太　「…菜奈ちゃん?」

早川教授から説明が始まる。

早川　「今からみなさんをテストさせてください」

一同　「(ざわつく)」

早川　「これは私の研究室で開発協力しています遭難救命用の液体です。救命胴衣などに装着することによって、船舶からの転落時に発見しやすくするのはもちろん、流体力学を用いたシミュレーションで、万が一海に沈んでしまっても、遭難者の位置の把握がたやすくなります。…また、今は無色ですが、海水と紫外線に反応して発色し、特殊な洗剤を使わない限りは落ちない、という特性があります」

一同　「…」

早川　「この救命剤が、二階堂の鞄から出てきたそうです。黒島が入れたんでしょう」

二階堂、スプレーを見せる。商品名に斜線が引かれ、
その下に【護身用byあなたの内山】と書かれている。
淳一郎「話の途中、申し訳ないのですが、ちょっとお手洗いに…」
二階堂「(手で制して) 黒島さんはこれを殺される前に何らかの方法で犯人の服にかけたのではないかと思ってます」
一同「(ざわつく)」
淳一郎「あの…」
菜奈「そこで、みなさんには海水を浴びて頂きます」
柿沼「はぁ⁉」
あいり「冗談でしょ?」
菜奈「服のままでお願いします」
尾野「(お腹をさすりながら) 〝今日の気温、何度か知ってるの?〟ってこの子が言ってますけど?」
菜奈「黒島さんが亡くなっているんです。犯人を見つけだしたいとは思いませんか?」
美里「… (知りたくて黙っているが、怪しく見える)」
江藤・幸子「… (視線を交わす)」
騒然とする一同を少し離れた場所で見守る神谷達。

神谷　「奥さんに落ち着くように言ってもらえませんか？」
水城　「お願いします！」
翔太　「…いや、菜奈ちゃんは間違ってない」
水城　「え？」
翔太　「…アニキ！」
朝男　「…（さりげなくそっぽを向く）」
翔太　「アニキ、なんで無視するんですか！」
朝男　「なんか嫌な予感がするんだよ」
翔太　「まず僕達2人が海水を浴びます！」
朝男　「なんで⁉」
翔太　「アニキも話聞いてたでしょう」
菜奈と二階堂、神谷を見る。
神谷　「（うなずく）」
朝男　「聞いてたけど」
翔太　「どうすればいい⁉　海に飛び込めばいい⁉」
朝男　「いや待てって…、ひゃぁ‼」
と、朝男が大量の水を浴びて吹っ飛んでいく。

二階堂がデッキの放水栓から海水をぶちまけたのだ。

翔太「…まず一言かけてから」

翔太も水を浴びて吹っ飛ぶ。

二階堂、他の面々に放水口を向ける。

吾朗「これを年寄りにもやる気か!?」

朝男「妊婦もいるんだぞ!」

菜奈「…それは、えっと」

木下「その必要はないいんじゃない?」

菜奈「え?」

二階堂「?」

木下、翔太を指さす。

一同がつられて翔太を見ると、翔太の服にスプレーで散布したような蛍光色の染みが浮き上がっている。

君子「…やだ」

俊明「おっと…、そういうこと?」

尾野「(お腹をなでながら)〝人殺し! 発見!〟ってこの子が言ってます!」

早川教授が去る。

振り向く翔太。

菜奈「!!」

翔太「…」

130　同・医務室

刑事①②と浦辺が会話している。

刑事②「…ちょっとバタついているようなので、お待ちください」

浦辺「さっきの方、手錠をかけられてたみたいですが…」

刑事①「あぁはい、現行犯ですよ。あなたへの殺人未遂で」

浦辺「え？」

131　同・デッキ

一同が翔太を見て驚いている。

翔太「なにこれ…、わけわかんない」

菜奈「翔太君…、どうして…」

翔太「いやいや俺じゃないよ？　信じてよ！」
菜奈「もちろん信じてたからこそ、ここに連れてきてもらったんだよ！」
翔太「え？」
水城「はぁ？」
浮田（声）「なんだ、どういうことだよ？」
神谷「えー、私からお詫びします。実は昨晩、この方達から、ある依頼を受けまして…」

×　　×　　×

【回想　シーン123の続き　刑事部屋前】

菜奈と二階堂がハンカチに包んだスプレーを神谷に見せている。

神谷「…しかし、乗客全員に海水を浴びせるというのは」
菜奈「わかってます。せめて同じマンションの人達だけでも」
神谷「すいませんが警察の権限で出来ることでは」
二階堂「（遮って）それもわかってます。だから僕達がすることを黙認して頂きたいのがひとつ。もうひとつは」
菜奈「そのタイミングで夫をデッキに連れてきてください」
神谷「容疑者を連れ出すなんて」
菜奈「（遮って）夫の性格なら、率先して海水を浴びようとすると思います。そうすれば他の方々も渋々同意してくれると思うので」

神谷「…」

× × ×

翔太「…」

水城「つまり…、（お前、えっ内緒で…？）」

神谷「刑事として正しい判断だったのかはわかりませんが、みなさまのご協力もあって容疑者の確保に至りました。ありがとうございます」

淳一郎「どういたしまして。では、お手洗いに」

菜奈、思わず神谷に銃を向け、

菜奈「動かないで！」

神谷・淳一郎「！」

翔太「菜奈ちゃん?!」

菜奈「（銃口を向けて）黙ってて！」

翔太「…でも」

二階堂「（なぜか翔太を見ている・染みに違和感を感じている）あれ…？」

水城「一旦、それ下ろしましょうか。ね？」

菜奈、どうしていいかわからない様子で、銃も下ろさず、

菜奈　「…逮捕しないでください」
水城　「ですから」
早苗　「菜奈さん！！！　落ち着いてぇぇぇ‼」
正志　「ママこそ落ち着いて」
菜奈　「…翔太君は犯人なんかじゃ…」
翔太　「(優しく諌めるように) もちろん違うよ。でもさぁさっき、黒島ちゃんが犯人に救命剤を塗ったはずだって言ったから、みんな疑ってるの」
菜奈　「(翔太に銃を向け) ごめんなさい。信じてる。信じたい」
翔太、ゆっくりと菜奈に近づきながら、
翔太　「聞いて、菜奈ちゃん。俺は無実だから、さっさと調べてもらった方がそれを証明できるんだよ。だから今は、その銃を下ろすことが、俺を信じているってことになるからね。わかる？」
菜奈　「うん (と返事をしたものの、やっぱり不安で) …嘘なら嘘で、ちゃんと私のことちゃんと騙してね？」
翔太　「なにを…、ねぇなにを言ってるの？」
菜奈　「…」
正志　「…あれ、撃っちゃうな」

早苗　「…！」

翔太　「それかして（と改めて近づこうとする）」

菜奈、それに反応して、身体を固くする。

早苗　「菜奈さん、ダメぇ！」

早苗、銃を奪いに飛びつこうとする。

菜奈　「⁉」

菜奈、驚いて発砲。

早苗、菜奈には届かず、倒れ込む。

菜奈　「…あ」

早苗、菜奈の表情を見て、振り返ると、スピアが翔太のお腹を貫通して、背中から突き出ている。

翔太　「…菜奈ちゃん？」

菜奈　「…」

翔太、倒れる。

駆け寄る水城、神谷。

倒れ込む菜奈。翔太床で苦しんでいる。

132　同・医務室

浦辺が刑事①②に語っている。

刑事①「…誤解？」

浦辺「はい。私、黒島沙和さんが殺されたことで目的を果たしたんです。だから次は、
自分の罪を償おうって思って」

×　×　×

【回想　606号室】

浦辺（声）「その矢先にあの人が部屋を訪ねてきたんです」
ドアをノックする音。
浦辺がドアを開けると翔太が立っている。

×　×　×

浦辺「元々は黒島さんの事を怪しんで、一晩中、見張っていたそうですが…」

×　×　×

【回想　6階廊下】

翔太が廊下の角から602号室をうかがっている。

浦辺（声）「でも途中で寝てしまい…」

翔太、廊下でウトウトしている。

二階堂が部屋を飛び出していく音で、目が覚める。

追いかける翔太。

×　×　×

【回想　デッキ】

翔太、野次馬の隙間から黒島の死体を見る。

翔太「…！」

翔太、菜奈に気付き、声をかけようとするが、

野次馬の中から走り去る浦辺に気付く。

翔太、浦辺を追う。

×　×　×

浦辺「私のことも元々引っかかっていたそうで。すれ違った時の私の服が…」

×　×　×

【回想 シーン82】

翔太と浦辺、すれ違う。

×　×　×

刑事②「服ですか？」

浦辺「ええ」

× × ×

【回想　606号室】

翔太「最近、キャンプに興味あって、動画とかよく見るんですよ。この上着って焚《た》き火の時とかに着るヤツでしょ？」

翔太、コート掛けの浦辺の上着を指さす。

浦辺「……」

翔太「ちょっとやそっとじゃ燃えないっていう。…ちなみに、713号室で火だるま騒ぎがあった時ってどこに」

浦辺、唐突に白目を剥《む》いて、夢遊病のように倒れる。

翔太「ちょ、なに？　ねぇ？　ねぇ？」

翔太、テーブルの上のクスリ瓶に気付く。

慌ててハイムリック法でクスリを吐かせようとする。

翔太「まずい…起こしますよ」

浦辺（声）「あの人は…間違いで南さんを殺してしまった罪を償うため」

翔太「…背部叩打法というのを試しますからね。痛いですよ！」

翔太、思いっきり手を振り上げる。

浦辺「睡眠薬を飲んで死のうとしていた私を助けてくれただけなんです」

× × ×

133 同・デッキ

倒れている翔太の周りに神谷、水城、刑事③、久住がいる。

水城「大丈夫か」

俊明「大丈夫なわけないでしょう！」

久住「医務室に連絡してきます」

久住、駆け出すが、すぐに放水で吹っ飛ぶ。

久住「あひぃ！」

俊明「なにしてんだ！」

俊明も吹っ飛ぶ。

二階堂「おりゃぁぁぁー！」

二階堂、その場の全員に水をかけていく。

早苗、正志、水圧で吹っ飛んでいく。

菜奈　「二階堂さん⁉」

あいり、柿沼、浮田、淳一郎、君子、西村、木下、一同が水圧で次々と吹っ飛んでいく。

ランボーの銃撃戦のよう。

もしくはカンフー映画のワイヤーアクションのような吹っ飛び方で、ある意味、爽快である。

淳一郎　「(どさくさに紛れておもらし)あぁ…、…温かい」

藤井が吹っ飛び、メガネが落ちて来て、

尾野　「藤井さん…」

一方、神谷は翔太の首筋の脈を測り、

神谷　「脈が…、まずい！」

神谷、再び翔太の首筋の脈を測る。

翔太、痛みに悶絶してたが、違和感で目を開ける。

神谷　「(気のない小声で)…早く…、医者を…」

翔太　「…？」

翔太、違和感の正体に気付く。

神谷が脈を測るふりをして、頸動脈を押さえているのだ。

翔太「ちょっと、苦しい…苦しい…」
神谷「！　…大丈夫ですかぁ？」
と、言いながら神谷、反対の手の肘辺りで、翔太の口を塞ぐ。
翔太「…!!」
翔太、ジタバタするが、神谷は巧みに介抱するふりをしながら、十字締め。
二階堂「…？」
二階堂、翔太の様子がおかしいのに気付き、放水。
神谷「！」
水圧で吹っ飛ばされる神谷。
翔太「！！！（ようやく呼吸ができる）」
倒れた神谷、身体を起こす。
と、一同がこちらを見ていることに気付く。
菜奈「翔太君!!」
翔太に駆け寄る菜奈。
一同、神谷に注目する。
二階堂「…見つけた」

神谷　「…？」

水城　「…神谷、それ」

神谷のジャケットに手の跡が浮かび上がっている。

神谷　「…！」

二階堂「…手塚さんの服の染みを見て気付いたことがあるんです。黒島さんが犯人の前で、服にスプレーをしたなら、殺された後、スプレーは犯人によって破棄されてるはずです」

翔太　「あ…」

菜奈　「あ…」

二階堂「黒島さんは犯人にバレないように、別の方法で救命剤を塗ったんじゃないかと。例えば、手に塗っていたとしたら…」

一同、改めて神谷を見る。

神谷　「…」

翔太　「…思い出した。これブルきたかもしんない！」

×　　×　　×

【シーン124】

翔太、寝汗を確認するかのように首をぬぐい、服を摘まんだ。

翔太(声)「夜中、目を覚ました時、服がしっとりしてたんだよ!」
医務室の前、立ち去る人影。

× × ×

翔太「寝汗かなぁと思ってたけど、あの時すでに俺の服にスプレーされてたんだ! 俺に二重の意味で濡れ衣をきせようとしたヤツが…」
菜奈「刑事さん、昨晩スプレーを預けましたよね、あれって」

× × ×

菜奈からスプレーを受け取る神谷。

× × ×

神谷「根拠のないまま、あれこれ言わないでください!」
と、車椅子の幸子がすっと出て来る。
幸子もいつの間にかずぶ濡れだ。
幸子「…やれやれですね。風邪を引く前に終わらせましょうか」
吾朗「なにしてんだ、下がってなよ」
幸子「(無視して)先生、例の件」
江藤「yeah」
西村「港に着いてから言うんじゃないんですか? ここの刑事は信用できないから…」

江藤　「あら。自分の手柄、放棄しちゃうの？」
二階堂　「…なんですか？」
江藤、タブレットを掲げて一同の中を回る。
江藤　「…これは、一年前に、黒島さんと同じ大学の学生が裏アカでＳＮＳにあげたものです」
一同　「…」
菜奈・翔太　「…」
二階堂　「…」

×　×　×

【回想　シーン122の続き　702号室】
江藤の作業が続いている。
江藤　「…！　…みなさん、来ましたよ」
一同、江藤のＰＣの画面を見て驚く。
一同　「!?」
江藤　「これ…、黒島さんですよね」
隠し撮りされた黒島の画像にコメントがついている。
【肩出し魔女、彼氏いるじゃん】

【げ、N先輩死んでまだ半年だろ】
【見ちゃった】
【嘘つけ】
画像の黒島の隣には男がいる。

× × ×

水城 「神谷？　神谷？」
江藤のタブレットには、神谷と黒島が並んで歩く隠し取りの画像。
神谷 「……えぇ。付き合ってましたよ。それが？」
幸子 「それだけです。ただ、事実を伝えただけです」
神谷 「…私はかつての恋人を殺されましたが、私情を挟まず、冷静に捜査を遂行してきました。いけませんか？」
菜奈 「…いけなくはないですが、私達、犯人は黒島さんに愛情があったと思っているんです」
神谷 「（笑って）どういう根拠かわかりませんが、それなら現在の恋人の方こそが容疑者の第一候補なのでは？」
二階堂 「…（切り札を言うのに緊張して、図星の指摘をされた犯人かのような沈黙）」
菜奈 「…二階堂君？」

二階堂「（うなずいて）根拠はあります」
二階堂、空の指輪ケースを出す。
二階堂「…これは、僕が黒島さんにあげた指輪のケースです。（開けるが空）。中身は亡くなる前の日にあげました」

×　×　×

【回想　シーン88　二階堂一人バージョン】
シーン88では黒島といたはずの二階堂が、一人で窓の外を見ている。
窓辺に立つ二階堂。
二階堂「…開けてみて」
二階堂、トーンが気に入らず、
602号室のテーブルの上に指輪のケース。
二階堂（声）「…何度も何度も一人で練習して…」
二階堂「…こんなこと、突然で、驚かせちゃうかと思ったけど」
二階堂、咳払い。あんちょこを見て、すぐにしまう。
二階堂「開けてみて」
二階堂、またトーンが気に入らず、

二階堂「（うまく言えそうもないとうなだれる）」
二階堂「うまくいく自信ないなぁ」
と深くため息をつき、椅子に座る。
テーブルの上にポンと指輪のケース。
誰も座っていない椅子。
二階堂「…」

× × ×

二階堂「実際は練習のかいもなく…」

× × ×

【回想　1時間後】
二階堂がブツブツと練習している。
と、黒島が青ざめた表情で帰ってくる。
黒島「…（テーブルの上の指輪に気付く）あれ」
二階堂「あ、見ないで」
二階堂、慌ててしまおうとするが、諦めて、
二階堂「…驚かせようと思ったんだけど、…失敗」
黒島「（笑って指輪をつける）…成功じゃない？」

黒島、泣いている。

黒島「…ありがとう。死んでもはずさない」

× × ×

一同が二階堂の話を聞いている。

二階堂「でも発見された時、黒島さんは指輪をしていませんでした」

× × ×

デッキのマストの上で黒島が指輪をしていない事に気付く二階堂。

× × ×

二階堂「僕は、犯人が黒島さんを愛していて、嫉妬に狂って指輪をはずしたんじゃないかと思っています！」

神谷「…」

× × ×

【回想　シーン88　黒島と神谷バージョン】

携帯を確認し、空き部屋に入る黒島。

一瞬映る履歴画面には

【「…」「内山」「…」「内山」「二階堂さん」「内山」「…」】

部屋の中では神谷が待っている。

黒島　「…なに？　急に？」
神谷　「…またいつもの癖がでたか？」
黒島　「（視線を落とす）」
神谷　「驚いたか？　刑事を軽くみるなよ」
黒島　「…驚いたっていうか、どっちかっていうと」
神谷　「俺がこの船に来たことの方が驚きか」
黒島　「…」
神谷　「力になりたい。余罪からいって、沙和はこのままじゃ死刑だよ」
黒島　「…ありがとう、でも」
神谷　「その代わり、あの男と別れろよ」
黒島　「…」
神谷　「あれはお前には純粋すぎだろ。それより俺ともう一度」
黒島　「ごめんなさい」
神谷　「…なにが？」
黒島　「私、もう、前の私とは違うから。それは、急に、勝手に、私だけ変わってしまって、ごめんなさい」
神谷　「…」

黒島、立ち上がる。

黒島　「それと、今まで曖昧な態度を取っていたかもしれないとも思って。はっきり、さようならって、そう思ってます」

黒島、その場を去ろうとする。

神谷、追いすがり、黒島の腕をつかむ。

神谷　「待てよ、人殺し」

黒島　「…」

神谷　「そんなにあの男が好きか？」

黒島　「…」

神谷　「でもあいつもそのうち死ぬぞ」

黒島　「…なにするつもり？」

神谷　「俺は何もしないよ。…お前だよ」

黒島　「…え」

神谷　「今更まともに戻れると思ってるのか？　また発作みたいに人を殺すんだろ？…お前は、いつか必ず、あの男を殺したくなる！」

黒島　「…」

神谷、黒島を抱きしめて、

神谷　「…俺が、全部終わらせてやろうか？」

黒島　「…」

× × ×

一同の注目の中、神谷はずっと黙っている。

神谷　「…」

水城　「…よし、神谷。なにか話そうか。いや、黙秘権もあるけど、黙秘権って別に、疑ってるわけじゃないけどな」

神谷　「…」

浮田　「身内だからって甘くすんなよ。問い詰めろよ」

神谷　「合意の上ですよ」

菜奈　「…？」

二階堂　「…なにが、合意だ。どう合意をしたっていうんですか！」

神谷　「熱くなるなよ、お前のためなんだから」

二階堂　「…は？」

神谷　「沙和は、確かにお前を愛していて、そのために、俺は２人も殺したんだぞ？」

× × ×

【回想　4階廊下～空き部屋の中】
内山がトントンしながらメールを打っている。
【本当に神谷のところへ行くつもりですか？
内山としては断固として】
背後の部屋のドアが開き、神谷が内山を絞殺する。
【5分後】
小さなノックの音。開けると黒島である。
黒島、部屋の中に入ると、内山の死体に気付く。
黒島　「…！」
神谷　「こいつがいるといろいろ邪魔だしな」
黒島　「…死ぬのは私だけで充分でしょ？」
神谷　「その覚悟で来たんだな。つまり、この先いつか二階堂を殺してしまうと認めるわけだ」
黒島　「殺さないよ。殺せないよ。殺すわけがないよ。…（収まりかけたが言い足りずに）大好きなんだよ」
神谷　「…じゃあなんで来た？」
黒島　「…ほんの少し、0・1％くらい、…自分を疑う気持もある。自信がない。…だって、私、おかしいから」

神谷「……」

黒島「だから、私から二階堂さんを守るために、私を裁いて欲しい」

神谷「……（やや声を震わせて）わかった」

神谷、怖い気持を振り払うようにネクタイを緩める。

黒島をベッドへ押し倒し、首を絞めようとして、躊躇《ちゅうちょ》する。

神谷「……（恐怖で息が荒い）」

黒島「……怖い？」

神谷「（無理して笑って）少し、沙和に近づける気がするよ」

黒島、神谷に対する慈悲ような、

自分に対する諦めのような笑みを浮かべ、

黒島「……ダメ」

黒島、神谷の両肩に手をかける。

黒島「私みたいにならないでね」

神谷、必死で黒島の言葉は耳に入っておらず、

そのまま首を絞め始める。

黒島、苦しそうに手を伸ばす。

黒島　「…」

その手の先の指輪が目に入る。

伸ばした手で、二階堂の手を握るかのように宙をつかむ。

× × ×

【602号室】

二階堂が寝返りを打った拍子に手を伸ばす。

× × ×

シャワールームで黒島の手を握る二階堂。

× × ×

黒島、二階堂が握り返したのを感じているかのように微笑み、

黒島　「lim《リミット》n《エヌ》↓∞《むげんだい》Fn《エフエヌ》+1《プラスいち》…」

黒島、息絶える。

神谷、荒い息を整えながら、

死んだ黒島がなにかを見つめているのに気付く。

神谷　「…（指輪に気付く）」

× × ×

二階堂が神谷の話を聞いて衝撃を受けている。

二階堂　「…（言葉にならない声をあげる）」

菜奈・翔太「…」

と、その二階堂の前に指輪が転がってくる。

投げたのは神谷だ。

二階堂　「!?」

神谷　「一番嫌がるタイミングで返してやろうと思ってね」

二階堂　「！」

二階堂、つかみかかろうとするが、神谷は逃げ出す。

水城　「おい！」

神谷、デッキの手すりを背に振り返ると、銃を取り出す。

一同　「!?」

神谷、そのまま銃を自分のこめかみに当てる。

水城　「やめろ、神谷…、落ち着いて話せば」

神谷　「これ以上話しても、理解してもらえませんよ」

翔太、ふらふらと立ち上がり。

翔太　「理解したくて言ってるわけじゃねぇんだよ！」

神谷　「…（翔太に銃口を向ける）」

翔太　「あのさ、みんな、それぞれ好きな人がいるわけでさ。…あんたが黒島ちゃんを愛したのと同じくらい、誰かが誰かを愛してんだよ、…つまり、絶対に、人を殺しちゃだめなんだよ。それは、誰かに愛されてる人なんだから」
一同　「…」
神谷　「…」
翔太　「だから、大人しく、捕まって、洗いざらい話して、罪を償えって言ってんだよ！」
神谷　「…わかった、今すぐ償う」
神谷、再びこめかみに銃を当てる。
翔太　「だから！」
翔太、止めようと神谷に飛びかかる。
神谷、発砲。
が、翔太に抱きつかれ、そのまま海へと落ちていく2人。
デッキから海面まで十数メートルのダイブ…。
菜奈、海面を覗き込んで、
菜奈　「…翔太くん！！！」

134　海の中

海中の翔太と神谷、意識を失っているのか、沈んでいく。
が、翔太、目を見開き、神谷を抱きかかえて
水面を目指して泳ぎ出す。
見上げると、上から差し込む光が見える……。

135　カッチャトーリ号・外通路

翔太と神谷がそれぞれ助け出されている。
神谷は水城に手錠をかけられる。

水城「おい、立て！　行くぞ」
翔太は菜奈に抱えられ、

医者「今度こそ、医務室に」
菜奈「ごめんね、翔太君！　大丈夫？」
翔太「ねぇ菜奈ちゃんそれは何について謝ってるの？　俺を犯人だと疑ったこと？

それともこれ（スピア）のこと?」

菜奈　「一瞬だけ。一瞬だけ疑った、ごめん」

翔太　「えぇ…、一瞬でも傷つくよ。付き合って3年、1095日、26280時間のうちの一秒でも疑われたら傷つく！」

菜奈　「もう疑わない。一生」

翔太　「…じゃあ100歳まで生きるとして、24090日だから、578160時間のうちの一秒か…、じゃあギリ許せるかも」

菜奈　「うん。許して」

翔太　「え、菜奈ちゃんだとしてさぁ、これ（スピア）についてはは謝ってくれないの⁉」

菜奈　「ごめん、でも、これはダミーの矢だから」

翔太　「え?」

菜奈　「バーで借りてきたんだよ?　本物なわけないよ」

翔太　「でもすげぇ痛いんだけど、」

と、菜奈、矢を抜こうとする。

菜奈　「だって、ダミーでしょ?」

医者　「刺さってますから！」

が、翔太の手には大量の血がついてる。

翔太「ほら、見て見て！」

菜奈、ショックで失神する。

翔太「え、なんで？　なんで菜奈ちゃん…⁉」

大騒ぎに…。

二階堂「…」

136　港（2時間後）

船が港に入っていく。

137　港・タラップ前

タラップ前にはパトカーと救急車が待ち構えている。

パトカーに乗せられる神谷。

浦辺が救急車で運ばれて行く。

それを離れて見守る久住。

久住を見守る藤井と俊明。

藤井「…そういや、それ何入ってんの?」

俊明「…見ます?(ゆっくりと開けて、普通のゴルフクラブを見せる)」

藤井「…なんで?」

俊明「何がですか?」

さらにシンイー、クオン、イクバルが、

木下に頭を下げてパトカーに乗せられていく。

木下にカメラを向ける蓬田。

木下「はぁ何よ!」

蓬田「いや…」

その後、タラップを順に降りてくる早苗、正志、

淳一郎、君子、浮田、あいり、柿沼の姿。

吾朗、江藤、西村が仲良く幸子の車椅子を押している。

それを後ろから不服そうについていく美里。

菜奈が運ばれていく遺体に手を合わせている。

菜奈、翔太の視線に気付き、手を振る。

翔太、手を振り返す。朝男がやってきて、

朝男　「…翔！　ゆっくり治して、またジムで」
翔太　「アニキ…、またジムで」
朝男　「あ、それと、おめでとうって言われるのは、ショウと菜奈だけでいいって思って黙ってたんだけど」
翔太　「なんかいいことあったんすか？」
と、車が走ってきて、2人の脇に横付けされる。
運転席から降りてきたのは尾野だ。
朝男　「こら、妊婦は運転控えないと」
尾野　「だって、パパが遅いから」
朝男　「ごめん。（振り返って）っていうわけだから。こっちの式にも来てくれよ」
翔太　「…えぇ⁉」
菜奈　「…⁉」
朝男、意味なくボンネットの上をスライディングして、運転席側へ。
尾野の頬にキスしようとする。
朝男　「お待たせ」
尾野　「ちょっと！　…キスはチャクラにして」

朝男、尾野の眉間にキスをする。

朝男「じゃあな」

尾野と朝男、車で去っていく。

翔太「え、何？　なんで！！？？」

菜奈「…」

菜奈、唖然としたまま救急車に乗せられていく翔太を見ている。

気が付けば菜奈と二階堂だけが残った。

刑事①がやってきて、

刑事①「じゃあすいませんが、署でもう少しお話を」

菜奈「はい」

菜奈と二階堂、パトカーに乗る。

138　パトカー

落ち込んだままの二階堂と菜奈が会話している。

菜奈「……黒島ちゃんね」

二階堂「…」

菜奈「黒島ちゃんの話、したくない？」
二階堂「いえ」
菜奈「新しく、生まれ変われるかもって。二階堂君とならそう言ってた。…それだけは、伝えておくね」
二階堂「…その気持ちを、信じさせてあげられなかった…」
菜奈「…」
走っていくパトカー、広がる海。
ゆっくりとエンドロールがあがってくる。以降、エンドロールと同時に挿入されることで描かれるエピローグ。

139　病院・公衆電話（午前中・日替わり）

看護師が歩いていると、翔太に呼び止められる。
翔太「すいません」
看護師「…手塚さん？　ダメですよ、まだ歩いたら」
翔太「すいませーん」
翔太、看護師の背中を見ながら、ロビーへ小走りに。

140　キウンクエ蔵前・前の路上

タクシーが着く。

翔太「財布取って、すぐに戻ってきますんで。…（降りかけて）あ、ちょっと待たせちゃうかもしれないですけど」

141　同・1階エントランス～エレベーター

翔太、なにやらニヤニヤしながら帰ってくる。
と、ポストの前で二階堂と会う。

二階堂「…手塚さん、もう大丈夫なんですか？」
翔太「あれ…」
二階堂「…黒島さんの遺品の整理を手伝いに」
翔太「そうか…」
二階堂「はい」
翔太「どーやんも元気だしてね」
二階堂「…どーやん？」

翔太「入院中に考えた、アダ名。君、これからどーやんな」
二階堂「これから?」
翔太「仲良くしよう。友達いなそうな感じだし」
二階堂「…仲良く?」
翔太「質問多いな! あ、スマホって持ってる?」
二階堂「え?」

142　同・3階エレベーターホール〜廊下

スマホで動画を撮っている二階堂。

翔太、カメラに話しかけながら廊下を進む。

翔太「(小声で) えー今から、数百年ぶりに菜奈ちゃんに再会します。一体どんな顔して驚いてくれるでしょうか」

二階堂、呆れ顔で付き合う。

部屋の前につき、そっとノブを回す。

翔太「あれ、開いてる。あんな事があったのに、菜奈ちゃんったら不用心」

翔太、寝起きドッキリのように部屋に入っていく。

143 同・302号室

翔太「どうぞ、どうぞ」
二階堂「はい」
翔太「静かに」
翔太の背中を追う二階堂カメラ。
翔太「静かに」のポーズを何度もカメラにしながら、
手前の部屋を開ける。菜奈はいない。
翔太「仕事部屋にはいませーん。後で怒られます」
リビングのドアを開けて、
翔太「あれ、いない」
翔太、寝室を覗き、笑いをこらえてカメラ目線で、
翔太「…まじの寝起きドッキリになってきました」
寝室で、菜奈が背中を向けて寝ている。
翔太、そっと近づき、菜奈の隣に添い寝する。
二階堂、笑いをこらえている。

翔太　翔太、カメラに向かって口パクで「せーの」と言い、
「(大声で) 菜奈ちゃーん!　おはよー!」
と言いながら、菜奈の肩をつかんで振り向かせる。
翔太　「…えっ?」
菜奈、穏やかな微笑みをたたえたまま、黙っている。
ハエが一匹、飛んできて、菜奈の顔に止まる。
翔太　「!!」
翔太、ハエを払って、
翔太　「ハエ!　菜奈ちゃん、ハエ!　ハエ!」
菜奈　「(目を覚まし) え?　え、ちょ、(二階堂に気付き) あ、え?」
翔太　「ありえないよー、俺の菜奈ちゃん、ハエにもモテモテだよー、(二階堂に) 撮れてる?」
二階堂　「あ、すいません。動画にしてませんでした」
翔太　「は?　おい!!」
と言った瞬間に二階堂、シャッターを切る。
写真モードで笑顔の菜奈と翔太の写真が収まる。

【了】

住民たちの2年間の物語

菜奈・翔太編

1　キウンクエ蔵前・前

引っ越しから1年後。2020年、春。

仕事から帰宅途中の菜奈。すると買い物帰りの早苗が来る。

早苗「ぐうぜーん」

菜奈「早苗さん」

早苗「お変わりなく？」

菜奈「お変わりなく。お変わりなく？」

早苗「お変わりなく」

2人、なんだかおかしくて笑う。

2　同・エントランス

菜奈と早苗が話しながら入ってくる。

菜奈「干し椎茸ばっかり、どうして？」

早苗「干し椎茸ダイエットっていうのが、テレビでやってて…」

菜奈「ああ…」

ソファに朝男が座っている。

菜奈　「！」

早苗　「違うの！　私干し椎茸そういうの関係なく好きだから、買い占められちゃう前に買い占めてきたの」

朝男　「（じっと菜奈を見て）……」

菜奈　「（気付かぬふりでエレベーターのボタン押し）……」

早苗　「（異変に気付き）菜奈さん？」

朝男　「菜奈」

菜奈　「！　…ぁ、どうも」

朝男　「（早苗に）いつも菜奈がお世話になってます」

早苗　「（違和感はあるが）どうも」

菜奈　「取引先の方で」

早苗　「ああ」

エレベーターが来る。

菜奈　「先、行って」

菜奈がエレベーターの扉を押さえ、早苗を乗るよう促す。

早苗　「（戸惑いつつ）じゃ、また」

菜奈「（笑顔で見送り）」

エレベーターのドアが閉まる。

朝男「無視するなよ」

菜奈「何考えてるの⁉　マンションの中まで入ってくるなんて！」

朝男「いい加減、面倒臭くなっちゃったんだよ」

菜奈「離婚届は俺が出すって何度も言いましたよね。早く出してください」

朝男「お前があいつと別れろ」

菜奈「！」

朝男「できないなら、俺からショウに言ってやる」

菜奈「やめて！　ねえどうして…？　翔太くんのジムにまで通って…なにがしたいの？　……おかしいよ」

朝男「今、この瞬間、俺が夫で、社会的に間違ってるのはお前の方だってことわかってるよな？」

菜奈「っ……」

朝男「妻の不貞を、全部許してやり直そうって言ってるんだ。ありがたく思えよ」

朝男が去る。

菜奈「……」

3　同・302号室・リビング

帰ってきた菜奈を、翔太が出迎える。

菜奈「ただいま」

翔太「菜奈ちゃんごめん！」

菜奈「(面食らって) え？」

翔太「先帰ってきたから晩ご飯作ろうと思ってたんだけど…キムチ鍋か豚肉と白菜のミルフィーユ鍋か迷ってたら…こんな時間に…」

菜奈「(笑って) そんなこと、いいよー」

菜奈、思わず涙が溢れてしまう。

翔太「菜奈ちゃん⁉　そんなにお腹減ってた⁉」

菜奈「違うの…ごめんね…ごめん」

翔太「ごめん菜奈ちゃんー！」

翔太が菜奈を抱きしめ、お互いに「ごめん、ごめん」と繰り返す。

4　同・エントランス（日替わり・初夏）

菜奈がエレベーターから降りると、
ポスト前であいりと柿沼がなにかを見てイチャイチャしている。

あいり「あ」
柿沼「はよざーす！」
菜奈「おはよう」
柿沼「お仕事っすか？」
菜奈「ちょっと、買い物」
柿沼「（満面の笑み）へぇ〜、いっすねぇ〜……」
菜奈「（なにか聞いて欲しそうな雰囲気を感じ）……なんか楽しそうだね？」
あいり「（食い気味で）や実はぁ〜！」
あいりと柿沼が詰め寄ってきて、写真を見せる。
ウエディング姿のあいり、柿沼、号泣する浮田の幸せそうな写真。

菜奈「わぁ！　素敵。いつ式挙げたの？」
柿沼「や、金なくて写真だけなんすけど」
あいり「写真だけなのに浮田のおっさんめっちゃ泣いちゃって」
柿沼「でも婚姻届は出したよな」
菜奈「！　そっかぁ…おめでとう」
柿沼「あざす」
あいり「やっぱ…なんか変わりますね」
菜奈「え？」
あいり「ずっと一緒に住んでたし、紙切れ一枚書いただけでなんも変わんねーだろって思ってたんすけど…」
柿沼「ホントの家族になったって感じ、するよな」
あいり「そうそうそう、（小指立てて）ケジメ、ってやつ？」
柿沼「そのケジメは…ちょっと違うんじゃね？」
あいり「（キレ）あぁ？」
菜奈「……うん、そうだよね」
菜奈、引き返してエレベーターに乗る。
やや不思議そうに見るあいりと柿沼。

5　同・302号室・リビング

リバーステーブルトップ中の翔太。と、部屋に戻ってくる菜奈。

翔太「どうしたの、菜奈ちゃん。忘れ物?」

菜奈、翔太のそばで正座し、

菜奈「翔太君……ごめんなさい！　…ずっと言えなかったことがあります」

翔太「…?」

6　同・302号室・前(日替わり)

インターホンを鳴らす朝男。

バン！　と扉を開けたのは、鼻息荒い翔太。

朝男「(不意を突かれ)ショウ…?」

翔太「どういうことっすかアニキ！！！」

7　同・302号室・ダイニング

ダイニングテーブルに座る、菜奈、翔太、朝男。
朝男の前には、離婚届が。

菜奈「別れてください」
翔太「菜奈ちゃんと、別れてください」
朝男「嫌だ」
翔太「別れてください！」
朝男「こっちのセリフなんだよ。俺が菜奈の夫で、お前は間男なんだから」
翔太「違います！」
朝男「違わないよ。戸籍上は俺が夫なの」
翔太「離婚届出すって言って出してないのはアニキなんだから、アニキがおかしいっすよ」
朝男「俺は同意してない」
菜奈「嘘、同意した」
朝男「記憶にございません」
菜奈「（嫌悪感）……」
朝男「訴訟起こしたら、ショウからたっぷり慰謝料もらって菜奈から引き剥がすことだってできるんだよ」

翔太「ぜんっぜんわかんないっす。菜奈ちゃん！　俺のこと好きだよね？」

菜奈「（強くうなずく）」

翔太「アニキは？」

菜奈「（強く首を振る）」

朝男「（さすがにショック）っ…」

翔太「これが全部じゃないですか？　俺と菜奈ちゃんは、愛し合ってます。だから、別れてください！」

朝男「お断りします」

菜奈「……」

翔太「アニキ、俺、わかんないんすよ。アニキが菜奈ちゃんのこと好きなのは、すげえよくわかります。だって菜奈ちゃんだから。でも、だったら…どうして菜奈ちゃんの幸せ、考えてくれないんすか」

朝男「俺はお前の言ってることの方がわからないよ」

翔太「…？」

朝男「大事なものは、なにがなんでも手放したくないもんだろ？」

翔太「っ…！」

朝男「（立って）じゃあ、そういうことで」
翔太、朝男の肩を押し込んで無理矢理座らせる。
朝男「！」
翔太「俺は諦めませんので、アニキが諦めてください！」
朝男「絶対に認めないからな」
翔太「認めますよ。認めてくれなかったらそんなの、ただのクソ野郎ですよ！　アニキはクソアニキなんすか!!」
朝男「（ムカッ）しゃーしぃ！　ぼてくりこかすぞ！」
翔太「（わからず）っえ？」
翔太が一瞬戸惑った隙に翔太を振り払い、朝男が足取り荒く出てゆく。
菜奈「……ごめんね」
翔太「（鋭い表情で）菜奈ちゃん。大丈夫。俺がどうにかする」

8　同・3階廊下

イライラしながら廊下に出てくる朝男。
乱暴にドアを閉めると、しばしそこで息を整える。

と、尾野が自分の部屋のドアを開けて覗いているのに気付く。

朝男「⁉」

尾野「不審者ですね?」

朝男「は⁉」

尾野「(にっこり)通報させていただきます」

朝男「302号室! 菜奈の夫です!」

尾野「(驚いた表情)…」

朝男、足取り荒くエレベーターへ。

尾野、朝男と302号室を見る。

尾野「……へぇ~……」

9 同・エレベーター~1階エントランス(日替わり)

3階から翔太が乗り込むと、後ろから尾野が滑り込んでくる。

尾野「翔太さん」

翔太「おはよう」

尾野「これ、どうぞ」

尾野　尾野、黒くて丸い玉を出す。
翔太　「手作りの飢渇丸です」
尾野　「きかつがん…？」
翔太　「要は忍者めしです。これ一粒で1日何も食べなくてもお腹減らないんですよぉ？」
尾野　「ありがとう。でもこれで最後にしてくれないかな」
翔太　「え…」
　　　「お隣さんってだけでいろいろもらうの悪いし、妻もお返しどうするかって…」
　　　言いながら、エレベーターが1階に着き、翔太が降りる。
　　　ガンッという音で振り返ると、
　　　尾野がエレベーターのドアに挟まっている
　　　（以降、ドアが尾野に反応して開き、また閉じて開くを繰り返す）。
翔太　「!?」
尾野　「…私のこと捨てるんですか？」
翔太　「は？」
尾野　「飽きたらポイ捨てですか？」
翔太　「…待って、どういう…、あの、そこ出なよ」
尾野　「付き合ってるつもりなかった、とか言わないでくださいね？」

翔太　「言うよ、だって俺、結婚してるし」
尾野　「してないですよね？　結婚」
翔太　「あ…、籍はまだだけど、絶対菜奈ちゃんと結（婚するし）」
尾野　「最低」
翔太　「…いや、俺、菜奈ちゃん大好き男だから」
尾野　「怖いから」
翔太　「なに？」
尾野　「こういう捨てられ方した時の私、怖いから」
　　　尾野、涙をこらえてエレベーターの中に戻る。
翔太　「ちょっと！　……ええ、ウソでしょぉ」

10　同・外観（夜）

11　同・302号室

　　　菜奈が翔太を出迎える。
菜奈　「おかえり。……え」

翔太の後ろには、朝男がいる。

菜奈　「菜奈ちゃん。晩ご飯、ちょっと待ってて」

翔太　「（状況が飲み込めず）……」

翔太と朝男が対面して座る。

朝男　「……で、決心、ついたんだよね」

菜奈　「⁉」

翔太　「はい」

翔太、離婚届を置き、ドンッとテーブルに右肘を立てる。

翔太　「俺と、腕相撲しましょう！」

菜奈・朝男　「…？」

朝男　「……何言ってんの？」

翔太　「アニキがクソ野郎だってことだけはよくわかりました」

朝男　「おい」

翔太　「でも、アニキからしたら、俺がクソ野郎なんすよね」

朝男　「……」

翔太　「俺達は正反対のとこからだけど、菜奈ちゃんを愛してる。だからアニキも簡単に納得できないいんだって気付きました」

朝男　「……で、どっちが菜奈を諦めるか、腕相撲で白黒つけようってこと？」
翔太　「んなわけないじゃないすか。菜奈ちゃんはモノじゃないんですよ」
朝男　「（なんだこいつという目）……」
翔太　「俺にはこっちの方が何倍も通じ合えるんです。アニキのこと知って、アニキにも俺のこと知ってもらって、納得してもらうまで、何億回だってやるつもりです」
朝男　「……」
菜奈　「（朝男に）翔太くんは、こう言ったら本当に、何億回でもやるよ。だからもう（認めて）──」
朝男　「わかってるよ。ショウが諦めるまでやればいいんだろ」
翔太　「ありえないすけど」
朝男、翔太と手を組む。
朝男　「受けてやる」
菜奈　「（まさか本当にやると思わず）……えっ」
翔太　「菜奈ちゃん、レディゴッてやって」
菜奈　「えっ、あ、うん」
菜奈、流されるまま翔太と朝男の手に、自分の手を乗せる。

菜奈　「（全然納得してない感じで）……レディ…ゴッ」
翔太　「ふんっ！」
朝男　「はぁっ！」
　　　翔太と朝男、拮抗する。
菜奈　「（どうしていいかわからず）……」

【モンタージュ】

302号室での、幾日にもわたる翔太と朝男の攻防。
全力の指相撲、全力の手押し相撲、全力の足相撲、
プランク対決、バーピー耐久など。
翔太と朝男は「別れてください！」「俺に勝ってから言え！」
みたいな、一昔前の男臭いスポ根モノみたいなやり取り。
朝男は翔太の不意を突いたり、急所を狙ったりと、いちいち姑息な真似をする。
「卑怯な男に菜奈ちゃんは渡しません！」
「お前こそ勝ちへの執念が薄いんだよ！」というようなやり取りも。
それを困った様子で見る菜奈。

12 キウンクエ蔵前・302号室

相撲をとる翔太と朝男。

困った様子で見ている菜奈。

朝男「だらぁっ！」

朝男が翔太の髪の毛をつかんで引き倒す。派手な音を立てて倒れる。

菜奈「！　大丈夫⁉」

翔太「ぐっ…髪つかむのは反則っすよ…！」

朝男「菜奈の前で負け惜しみか？」

翔太「俺は…手塚翔太…（立ち上がり）諦めの悪い男」

菜奈「もう、今日はやめよう」

翔太「菜奈ちゃん、はっけよいのこったして」

菜奈「……本当に、私のせいで、ごめんなさい」

翔太「（アツくなっている）菜奈ちゃんのせいじゃないから！」

朝男「（同じくアツく）菜奈！　はっけよいのこった！」

菜奈「（困り果てて）ごめんなさい…！」

菜奈が部屋を出る。

13　同・エントランス

菜奈が物憂げな表情でソファに座っている。
すると、早苗が帰ってくる。

早苗　「菜奈さーん」
菜奈　「(元気ないが、無理に) こんにちは」
早苗　「どうしたの?」
菜奈　「ううん、ちょっと」
早苗　「(察して隣に座り) なんかあったんだ」
菜奈　「……」
早苗　「ここで話しにくい?」

14　どこか・停車中の車内

運転席の早苗、助手席の菜奈。

菜奈　「…前に話した、私の、前の夫が…」

早苗「！　うん」
菜奈「今、家にいて」
早苗「えっ」
菜奈「翔太くんと、相撲を、とってて…」
早苗「（懸命に理解しようと）……うん？」
菜奈「ごめんなさいよくわからないよね」
早苗「ごめんね！　ちょっと難しかったな」
菜奈「私も、よくわからなくなっちゃって…」
早苗「男の人特有の、なにかなのかな。私が行って、仲裁しようか？」
菜奈「いいの。喧嘩じゃなくて、お互いをわかり合うためだって…、私がしっかりしなくちゃなんだけど（途方に暮れ）……」
早苗「……菜奈さんは、そのままでいいんじゃないかな」
菜奈「…？」
早苗「菜奈さんと翔太さんを見てるとね、放し飼いって感じがするの。自由にさせてるけど、菜奈さんがちゃんと見守ってる感じ。いつも、ああいいなって思ってて」
菜奈「（ちょっとおかしくて）そんな、ペットと飼い主みたいに見えちゃってるの？」

早苗「違うの！　そうじゃなくて…ただ見守ることって、信頼してないとできないでしょう？」
菜奈「……」
早苗「翔太さんを信じて、見守ってあげてもいいのかなって。いつもの菜奈さんみたいに」
菜奈「……ありがとう」

15　キウンクエ蔵前・302号室（夜）

翔太と朝男が相撲をとろうとしている。
翔太・朝男「はっけよい……」
翔太「の」
朝男「の」
翔太「アニキぃ…」
朝男「そっちだろずらしたの」
菜奈が入ってくる。
翔太「おかえり」
菜奈「（全力）みあってみあって～！」

翔太・朝男「！」
菜奈「はっけよーい……のこった！！！」
翔太と朝男ががっぷりよつ。
菜奈「のこった！（ちょっと楽しい）のこったのこった！」

16　同・外観

3か月後。

17　同・302号室

仁王立ちで対面する翔太と朝男。
慣れた様子で水やタオルなどを用意している菜奈。
テーブルには離婚届もセッティングされている。
菜奈「（慣れた様子で）はいじゃあみあってみあって〜」
翔太「菜奈ちゃん。今日は、大丈夫」
菜奈「どうしたの？」

朝男　「ショウのやぐら投げで腰をやられた」
朝男、服の下にコルセットを巻いている。
翔太　「フェアプレーってことで、アニキにもできる勝負……古今東西！　菜奈ちゃんの好きなところ！」
菜奈　「……ええ…」
朝男　「それはもう、最終決戦だろ」
翔太　「そのつもりです」
朝男　「(覚悟)……」
翔太　「古今東西、菜奈ちゃんの好きなところ――！　…優しい声！！！」
菜奈　「！」
翔太　「一回言ったやつもう一回言ったら負けっすからね」
菜奈　「(恥ずかしいので)私、出かけてきてもいい？」
朝男　「見ててくれ」
菜奈　「え…」
翔太　「アニキの番っすよ」
朝男　「……つむじの、味」
菜奈　「！」

翔太　「つむじ、舐《な》めるんすか」
朝男　「(なぜかドヤ顔)したことないか?」
翔太　「菜奈ちゃん嫌がるんで」
朝男　「えっ(思わず菜奈を見る)」
菜奈　「(目を逸らし)私、部屋にいるから。終わったら教えて」
菜奈、自分の部屋に行く。
朝男　「……」
翔太　「菜奈ちゃん、どうしてもアニキの許せないとこあるって言ってましたけど…」
朝男　「ショウの番!」

×　　×　　×

翔太　「チキン南蛮が上手」
朝男　「うなじの感触」
翔太　「座ってるときの姿勢の良さ」
朝男　「背骨の凹凸」
翔太　「干したての布団に、一回顔をうめるとこ」
朝男　「異様に伸びる肘の皮」

翔太　「アニキ、さっきから変態っぽいっす」
朝男　「でも、わかるだろ」
翔太　「……悔しいっすけど」

×　　×　　×

夕焼けが部屋に差し込む。翔太と朝男、もはやゼェゼェ言っている。
翔太　「……足の、小指の爪が……こ——んなにちっちゃいのを、意外と気にしてて、どうにか爪の面積が広がらないか指でぎゅうぎゅう押し広げようとしてるとこぉ！」
朝男　「まだやってんのか、それ。（絞り出そうと）っく〜……」
翔太　「5…4…3…2…い」
朝男　「菜奈は、近所にあった肉屋のメンチカツが好きだった」
翔太　「！」
朝男　「菜奈はいつも、3つ買う。俺に2個、自分に1個。でも本当は、1個じゃ物足りないんだ。だけど、2個は多い」
菜奈が部屋から出てくる。
朝男　「食べ終わると、もうちょっと食べたかったなって思ってるのが、顔でわかる。そういう時、俺の分をあげようとすると、絶対に遠慮する」

菜奈「……」

朝男「だから俺は…食べ切れないから半分食べてくれって頼む。そうすると、私もお腹いっぱいなのにとか言いながら……嬉しそうに笑うんだ」

菜奈「……」

朝男「そういうところ」

翔太「アニキ……」

朝男「……」

翔太「それ、さっき言いました」

朝男「えっ」

翔太「やったあああ！！！　菜奈ちゃんやった！　やったやったあああ！！！」

翔太が菜奈を抱きしめる。

菜奈は抱きしめられながら、朝男を見る。

朝男「(心から悔しい)っぐぅ……」

朝男、逃げるようにリビングを出ようとする。

が、腰痛でぎこちない。

翔太「アニキ！　逃げるんすか！！！」
翔太が朝男を追ってつかむ。
朝男「違う！（腰）あっ、あぁっあっ」
朝男が倒れた先には、自分のバッグ。
朝男、バッグから自分の印鑑を出す。
菜奈・翔太「！」
朝男、這いずりながら離婚届のところに行き、朱肉をつけ、判を押そうとするが……手が止まる。
朝男「……」
朝男、菜奈を見る。
朝男「本当に、いいのか？」
菜奈「（即答）うん」
朝男「少しは躊躇しろよ」
朝男、判を押す。
翔太「アニキぃいいい！！！」
翔太が朝男に抱きつく。
何とも言えない表情の朝男。

菜奈が朝男に近づく。

菜奈「……ありがとう」

朝男「!……（感情溢れ）」

朝男、必死にこらえようとするが、涙が出てくるので、隠そうとして翔太に抱きつく。翔太が抱きしめ返して一緒に泣く。

それを菜奈が優しく見守る。

住民たちの2年間の物語

榎本家編

1　キウンクエ蔵前・外観

2020年、春。

2　同・402号室・リビング

早苗が入ってくる。

早苗「総ちゃーん。ただいまー。おトイレ大丈夫だったー？」

返事がないので、棚の方に行く。

早苗「総ちゃん、寝てるー？　お昼寝してたらごめんねー」

返事がなく、早苗、やや不安そうな表情。

早苗、棚をスライドさせ、隠し部屋の扉を開ける。

中には誰もいない。

早苗「⁉⁉　総ちゃん⁉⁉」

早苗「総ちゃん！」と叫びながら外に飛び出す。

3　同・3階廊下

菜奈が部屋から出てくると、
外階段から必死の形相の早苗が駆け込んでくる。

菜奈「⁉　早苗さん？」
早苗「菜奈さん！　見てない⁉　うちのそー…」
菜奈「…？」
早苗「そー…うちの……そ……そうじき！！！」
菜奈「掃除機？」
早苗「自分で動くやつ！　見てない？　最近すぐどっか行っちゃうの勝手にドア開けて！」
菜奈「（そんなことあるかと思いつつ）一緒に探そうか？」
早苗「いいのいいのごめんね邪魔してごめんね！」
早苗が走り去る。
菜奈「（不安で）……」

4　同・402号室・リビング（夜）

半狂乱の早苗を支えて正志が入ってくる。

正志「一旦落ち着こう、な！」

早苗「もう無理。警察連絡しよ！」

正志「ダメだよ！　そう遠いところには行けないだろうし、待ってみようよ」

早苗「どうするの……この間に総ちゃんが、総ちゃんが…」

正志「そんなことするわけない。な？」

早苗「何の心配してるの⁉　私は、総ちゃんが危ない目に遭ってないかが心配なの‼」

正志「っ…」

と、総一の部屋から、総一が出てくる。

総一「おかえり」

早苗・正志「⁉⁉」

早苗「総ちゃん⁉　どこにいたの⁉」

総一「ずっといたけど」

正志「（疑って）……」

早苗　「そんなはずない！　ママずっと探してたんだよ⁉」
総一　「いたって…」
早苗　「正直に言いなさい！　勝手に出ていくなんて何考えてるの！　全部総ちゃんのためなんだよ⁉」
総一　「うるっせえぞババア！！！」
早苗　「！！！」
正志　「こら！　ママに謝りなさい」
総一　「……」
正志が総一に詰め寄る。
正志　「謝りなさい」
総一　「（反抗的な目で）……」
正志　「（総一の肩を強くつかみ）総一！」
総一　「ッ！痛ッてぇな！」
総一、正志の手を振り解き、突き飛ばす。正志はその場で尻餅をつく。
正志　「うッ」
早苗　「パパ！」
総一、部屋に戻り、ピシャッと扉を閉める。

早苗　「総ちゃん……」
　その場にへたり込む早苗。静かに泣いてしまう。
　正志は恐怖を感じて、動けない。

5　同・前（日替わり）

　早苗が心ここにあらずの表情で、買い物から帰ったところ。
　菜奈が少し後ろから来る。

菜奈　「早苗さん」
早苗　「（気付かず）……」
菜奈　「（近づいて）早苗さん」
早苗　「あっ、菜奈さん」
菜奈　「この前の、掃除機、見つかった？」
早苗　「へ？　……（思い出し）ああ〜！　うんうん、おかげさまで。もう最近、反抗的で困っちゃって…掃除機なのに、ねぇ…（表情暗く）」
菜奈　「（なにか察知し）…ちょっと、お茶しない？」
早苗　「（菜奈を見て）……」

6　同・302号室・リビング

早苗がソファに座り、菜奈がお茶を持ってくる。

菜奈「どうぞ」

早苗「ありがとう。……私、おかしかった?」

菜奈「うん」

早苗「そっか…ごめんね心配かけちゃって。ちゃんとしなきゃ」

菜奈「いいから。…無理しないで」

早苗「……みんな、ひとつくらい、誰にも言えない秘密って、あると思わない?」

菜奈「(意図はわからないが、寄り添う相槌)…うん」

早苗「でも秘密って、つくるのは簡単でも、守り続けるのが難しいなぁ…、ってこと、最近、すごく思うの」

菜奈「うん」

早苗「(少しずつ感情こもってきて)一人で抱えきれなくなって、そのせいで傷つけちゃったりして、あれ、なんのために秘密にしてるんだろうってわからなくなっちゃって…ってこと、あるよね!」

菜奈「(共感して)……」

早苗　「（同意を得られなかったと思い）ないか……私が、ダメなんだよね……」

菜奈　「そんなことない」

早苗　「……」

菜奈　「私…秘密って、なにかを守るためにつくるものだと思うの」

早苗　「……」

菜奈　「大切ななにかを必死で守ろうとしてる自分のこと、責めなくて良いんだよ」

早苗　「っ……（感情溢れ）わぁああっ…ああっあっ！」

早苗が嗚咽し始める。

菜奈　「大丈夫…？」

早苗　「息子がいるの！」

菜奈　「……え」

早苗　「（嗚咽しながら）ずっと隠してたの。隠し部屋作って、少し問題起こしちゃう子だから。いい子なの。いい子なんだけど。だからあの子のためって自分に言い聞かせて、隠してたの。でも今反抗期で、体も大きくなってきて。この前もおっきい声出されて、もう、もう限界……」

肩を震わせて泣く早苗に、菜奈が寄り添う。

菜奈　「……」

7　同・外観（夜）

8　同・402号室・ダイニング

正志が帰宅する。

正志「ただいま。（目の前の光景に）……！　！」

テーブルには、菜奈、早苗、そして…総一が座っている。

正志「（言葉失い）……」

早苗「パパ……」

正志「（全て悟って）……そうか」

菜奈「すみません、勝手に。早苗さんから話を聞いて、私が――」

正志「ありがとうございます」

菜奈「（予想外の反応で戸惑い）……」

早苗「パパ…ごめんね」

正志「（首を振り）そもそも今までが…間違ってたんだ」

正志が総一の方に向き直る。

正志「総一。……ごめんな」
早苗「総ちゃん。ごめんね……」
総一「……別に、いいよ」
早苗と正志が、涙ぐみながら嬉しそうに笑う。総一もはにかんで返す。
菜奈「（よかったと微笑んで）……」

9　同・前

夜の散歩に出かける早苗、正志、総一。
早苗「手、つないでく?」
総一「恥ずいって」
正志「今日だけ頼むよ。な」
総一「……」
総一、控えめに早苗と正志の手をつかむ。
笑顔になる早苗と正志。総一も少し笑顔になる。

10　同・エントランス（日替わり）

10か月後。
立ち話している菜奈と早苗。

早苗「総ちゃんをね、シカゴに留学させることにしたの」
菜奈「留学？」
早苗「うん。やっぱり、ちょっとだけ学校に馴染めなくてね。だからいっそ、環境から丸ごと変えちゃえばって、パパに言われたの。（ちょっと不安で）どう思う…？」
菜奈「（心から）うん、いいと思う」
早苗「（安堵の笑み）……」
と、何者かが外からエントランスに入ってくる足音。
早苗「あ、おかえり」
入ってきたのは総一……と、黒島。
総一「ただいま」
黒島「こんにちは」
総一「ねえ、ウチで黒島さんとゲームしていい？」

早苗「うんうん」
黒島「すみません、お邪魔します」
早苗「どうぞ〜、ちゃんとお茶とか出してね」
総一「わかってるよ」
黒島と総一がエレベーターを待つ。2人は笑顔。
菜奈「仲良さそう」
早苗「そうなの。なんだか、気が合うみたいで。（努めて笑顔で）助かってるんだよね」
菜奈「よかったね、総一くん。友達できて」
早苗「（笑って）うん」
笑顔の黒島と総一がエレベーターに吸い込まれる。
笑顔の2人が、なぜか不気味に映って――。

住民たちの2年間の物語

床島編

1　キウンクエ蔵前・外観

2019年、春。

2　同・管理人室

西村が入ってくると、酒やら高そうなツマミやらを広げて酔っぱらっている床島がいる。

西村「何してんすか…」

床島「（ご機嫌）おーう西村ちゃん！　まま、飲みなってぇ」

床島が紙コップを渡してきて、雑に酒を注ぐ。

それが高級シャンパンと気付き、ギョッとする西村。

西村「ちょっと！　こんなもの買ってる場合じゃないでしょ！」

床島「（どう見てもわざとこぼして）おっとっともったいねぇ」

西村「返さなきゃいけないお金、いくらあると思ってるんですか！　こんな姿見られたら、殺されますよ」

床島「（急に表情暗くなって）……そうか、俺、死ぬのか」
西村「大袈裟に言っただけですよ。…なんかあったんすか」
床島「西村ちゃん。…（まるで今生の別れかのような雰囲気で）今日だけでいいから。
何も言わずに、付き合ってよ」
西村「……（飲んで）紙コップで飲むと、安っぽい味しますね」
床島「あぁ？　じゃあ瓶から飲むかあ？」
西村「（笑って）結構です」
西村がさりげなくデスクを見る。
日誌の近くに脳腫瘍の診断表がある。

3　同・管理人室・前
美里が悪代官のような表情で立ち聞きしている。

4　同・外観（日替わり）（夜）
1週間後。

5　同・屋上（ドラマ#20より）

西村が慌てた様子で屋上のドアを開ける。
と、コードを自分の体に絡めた床島が柵の外に立っていた。

床島「さすが、西村ちゃん」
西村「…なにしてんすか」

6　同・敷地内

走る複数人（翔太、久住、洋子、健二）の足下。

7　同・屋上（ドラマ#20より）

床島「俺ぁ、もうなんでもいいんだぁ！」
西村「とにかく落ち着いて、一旦家帰って、風呂入って」
床島「帰ろうとしたら、車の鍵がねぇんだよぉ…！　もんどり打ったりだよ！」

西村　「…？　…あ、踏んだり蹴ったり、ですか？」

床島のポケットの中の携帯が鳴り出す。

床島　「…それ。それだよ、西村ちゃん」

床島、さびしく笑って、そのまま落ちる。

西村　「…あ！」

西村、下を覗きこむ。

8　同・敷地内

落下してきた床島だったが、翔太、久住、洋子、健二が布団を広げて待ち構えていた。

床島が布団でバウンドし、もんどり打って地面に投げ出される。

翔太　「(駆け寄り) 大丈夫ですか!?」

床島　「(戸惑いながら) ……もんどり打ったりだ」

洋子　「よかった…！」

床島　「なぁんでこんなとこに、布団干してるかな…」

翔太　「何言ってんすか！　みんな管理人さんのために来たんですよ」

床島　「え…」

翔太　「(一息で) 管理人さんから呼ばれた西村さんから僕が呼ばれてみんなを僕が呼んだんです (キーを出し) あとこの車のキー管理人さんのっすか、そこに落ちてました」

床島　「(キー受け取るが瞬時に理解できず) …あっ、はい、ん？」

翔太　「脳腫瘍、なんですよね」

床島　「！」

翔太　「藤井さんが、手術できるっていうスーパードクター、紹介してくれるって、言ってました」

床島　「…金がないよ」

洋子　「夫が、医療費の減額手続きとかお手伝いしますから！」

健二　「事前に限度額適用認定証を交付してもらって高額療養費制度を…」

床島　「…?」

健二　「(察して) とにかくお安くなりますから！」

床島　「……俺みたいな人間、生きてたって仕方ねえんだよ」

翔太　「たとえどんな理由があったって、自分で死ぬなんて絶対ダメです！」

床島「っ…もう、もう遅えんだよ！　俺にねえもんなんでも持ってるやつらがよお！
何言ったたって知るかってんだ!!」

翔太・洋子・健二「（何も言えず）……」

久住「（意を決して）……袴田吉彦って、ご存じですか？」

床島「…？　良い役者だよな」

久住「はい。彼は、ある、許されないことをして、一度はどん底に落ちました……。
でも今！　1年に●本以上のドラマに出てるんです！　…袴田吉彦は戻ってきました」

床島・翔太・洋子・健二「（聞き入って）……」

久住「（魂を込めて）人は、やり直せます」

床島「（響いて）……」

9　同・前（日替わり）

2か月後。退院し、病院から一人帰ってきた床島。
ふっと顔を上げると、菜奈、翔太、久住、西村、石崎一家が、
花束を持って待っている。

10 同・敷地内

菜奈、翔太、久住、西村、石崎一家と床島で、快気祝いBBQをしている。飲んで食べて笑っている床島。

床島「ありがとう。ありがとうねえ。ありがとう」

翔太が物凄い勢いで炭を扇《あお》ぐ。

翔太「うおおおおおお（火の粉飛び）あああああっちちち」

菜奈「危ないよ翔太君。あー、服穴空いちゃってる」

それとなく近づいてきた一男。

一男「難燃アノラックならよかったけどねー」

翔太「へ？」

文代「またそれ言ってるー！」

洋子が来る。

洋子「この子最近、キャンプ動画観るのハマっちゃって〜」

翔太「キャンプ！　いいじゃないすか、（一男に）気が合うな」

一男「難燃アノラック、いいよ」

洋子　「覚えた単語言いたい年頃なんですー」
と、帰ってきた様子の藤井、遠慮ゼロで入ってくる。
藤井　「お、肉だ。いただきまーす」
久住　「流れるように無遠慮ですね」
藤井　「何の肉？　肉を焼くのは大抵なにかあった時だろ」
西村　「管理人さんの快気祝いですよ。おかげさまで」
藤井　「ああ！　結局あいつに頼んだんだ。じゃこれ俺の肉だ。俺の人脈で命救ったんだから。（久住に）なにが無遠慮だよ」
久住　「……」
藤井　「あいつ、腕はいいんだけどさぁ、（お金ジェスチャー）エッグいだろ」
西村　「まぁでも、健二さんがいろいろしてくれて」
健二　「あー、ああ〜、はいはい、いろいろ…（テンション落ちて）」
西村　「…？　なにか、問題ありました？」
健二　「（洋子を気にして小声で）……それが、制度受けるに当たっていろいろ調べたんですけど……床島さんがいろんな税金を滞納してることが発覚してしまって」
西村　「え…」

健二「国民健康保険すらしばらく払ってなかったんですよ。だからむしろ…マイナスになっちゃったかも…」
西村「そのお金、僕らが立て替えたお金ですよね…」
藤井「あ～あ～クズに金貸すから～」
健二「（藤井と久住に）お二人とも独身ですよね…？　お金持て余してますよね？」
藤井「だからってドブには捨てません」
健二「助けてもらえませんか…！　妻が子供の進学用に貯めてるお金をこっそり借りちゃって…」
西村「……」

西村が不安げに床島を見る。
床島は楽しそうに笑っている。

×　　×　　×

夜、床島と西村だけが残っている。
西村「いい加減帰りましょう」
床島「先帰っててていいよ。後片付けはやっとくから」
西村「そういうわけにも…」
床島「もう少し、余韻を味わってたいんだよ。多分今日が、人生で一番、人に優しくしてもらった日だ」

西村「（不安だが）……じゃあ、おやすみなさい」

床島「おう」

西村は少し不安だが、マンション内に戻る。

ブスブスと燻《いぶ》る炭を見ている床島。

小さくはなっているが、まだ赤々と燃えている。

炭をトングでとって眺める。

それをそのまま、口に運ぼうと——。

美里「何をなさってるんですか？」

近くに美里が立っている。

床島「……練炭自殺だよ」

美里「そういう…ものでしたっけ？」

床島「見てくか？　人が死ぬとこ」

美里「病気も治って、万事解決したんじゃないんですか？」

床島「なぁ——んにも」

美里「……」

床島「地獄に行くのが先延ばしになった代わりに、これから長い生き地獄が始まるだけだ」

美里「……」

床島「じゃ」

床島が練炭を口に運ぼうとした時、美里が意を決して叫ぶ。

美里「（日本兵のように）どうせ征《ゆ》くのが地獄ならァ――ッ！」

床島「⁉」

美里「最期に一華、咲かせませんか」

床島と美里がまっすぐに互いを見合う。

床島がトングで持った炭をポトリと落とす。

最後の力を振り絞るように、炭が燃え上がる。

住民たちの2年間の物語

児嶋家編

1　キウンクエ蔵前・1階廊下

2021年、春。

2　同・1階廊下

そらがキョロキョロしながら歩く。
なぜか周囲がやけに薄暗く不気味。

佳世（声）「そーらーくん」
そら「！」
佳世（声）「そ――ら――く――ん」
そらが周囲を探し、ふと、視線を下げる。
廊下の角、地面ギリギリのところから、
佳世が顔の上半分だけ出している。

佳世「ばあ」

3　同・エントランス

帰り道で一緒になったらしい菜奈と洋子。

菜奈「最近翔太くんもキャンプ動画にハマってて」

洋子「男の人ってキャンプ好きですよね〜。最近一男が、物干し竿と布で家にテント作っちゃって…」

澄香（声）「いい加減にしてください！！！！」

菜奈・洋子「！」

エレベーターの前で、澄香が後ろにそらをかばい、死んだ目の佳世に詰め寄っている。

佳世「……私はただ、ヤスくんのために」

澄香「うちの子はそらです！！！！」

そら「（大きな声に怯えて）！」

澄香、昂《たかぶ》って佳世につかみかかるので、菜奈と洋子が慌てて仲裁に入る。

菜奈「落ち着いてください！」

洋子「ちょっと話しましょう。そらくん、うちで文代と一男と遊んでよっか」
そら「(まだ怯えつつも、こくこくとうなずいて)……」
澄香「(その顔に、やっと冷静になってくる)…ごめんね」
佳世「(死んだ目で)……ごめんね」

4　同・地下会議スペース

澄香、佳世が対面し、
その間に座る形で菜奈と洋子。

菜奈「勝手に…?」
澄香「学童の帰りを待ち伏せして、そらを勝手に自分の家に連れて帰ったんです」
佳世「あなたが毎日遅いから…」
澄香「(菜奈と洋子に)この人、私からの連絡も無視して、警察と一緒に部屋に行ってやっとそらを解放したんです」
菜奈・洋子「(さすがに佳世に異常性を見て)……」
澄香「今度こそ、被害届を出させていただきます!」
菜奈「北川さん、落ち着いて…」

澄香　「子供のいない人にはわからないわよ！」
菜奈　「…！」
澄香　「（我に帰って）ごめんなさい。そういうつもりでは…」
菜奈　「いいんです」
佳世　「（死んだ目で澄香を見て）……」
澄香　「（その目に、蔑みを感じ）そらを一人にして、私も悪いってことはわかってます。あなたには何度もお世話になったし、感謝もしてます。でも…そらはあなたの子供じゃない！　私の子供で、私の全てなんです！」
佳世　「……」
洋子　「児嶋さん。もしご自分にお子さんがいたとして――」
佳世　「（遮り）わかりません。いないので」
洋子　「（それ以上続けられず）……」
菜奈　「……児嶋さん。そらくんを、自分の子供にしたいと思ったことはありますか？」
佳世　「……（首を振る）」
澄香　「（意外で）……」
菜奈　「……私、児嶋さんの気持ちが、少しわかるかもしれないです」

佳世　「（少し、菜奈の方を見る）……」

菜奈　「私は、夫との間に子供は授からないと思っています。元からそのつもりで結婚しましたし、夫もそれに同意してくれています。でも……たまに猛烈に、不安になることがあるんです」

菜奈、言葉を洋子と澄香に向ける。

菜奈　「子供がいない者から見て、その…お子さんを持つ家族は、強い絆で結ばれているように見えるんです。どうしても、それと比べて…夫婦って、紙切れ一枚でしかつながってないんだな…って」

洋子　「……」

澄香　「……」

菜奈　「でも私、最近、逆に考えるようにしたんです。紙切れ一枚でつながってるって、すごいことじゃない？　って」

佳世　「……」

菜奈　「頼りないつながりかもしれないけど…それを信じる覚悟を決めた自分に胸を張ろうって思ったんです。……すみません、偉そうなこと言って…」

佳世　「……」

【佳世の回想（huluより）】

佳世と俊明が、地図という紙切れ一枚でつながっていた頃の記憶。

×　×　×

佳世「（涙が溢れてきて）……どうして私だけ寂しいの」

佳世がうつむいて涙を流すのを、

菜奈、洋子、澄香が黙って見守る。

×　×　×

5　同・302号室（夜）

晩ご飯を食べている菜奈と翔太。

翔太「菜奈ちゃんすごい！　俺、そんな現場に居合わせたら、パニックになっちゃう」

菜奈「……でも、ずっとモヤモヤしてるの」

翔太「…？」

菜奈「翔太くんは、私と、ずっと一緒にいたい？」

翔太「あったり前じゃん」

菜奈「もし私が、そうじゃなかったら?」
翔太「(本気でショック)……死んじゃう」
菜奈「……児嶋さんのどうしようもない寂しさは、きっと、旦那さんにしか埋められないと思う。でも…もし旦那さんが、児嶋さんと一緒にいたいと思ってなかったら……」
翔太「……」

6 川沿いの道(日替わり)

翔太と朝男が、割とハードめなh・i・i・t式のジョギングをしている。
翔太「はいっ、10秒ジョグしたら、また20秒全力疾走!」
朝男「ぐぁあ、きっちい」
翔太「理想の体は、きちぃの先にあるんすよ!」
と、進行方向に俊明を見つける。
翔太「! (思い立って全力疾走) すいません!」
振り返り、全力疾走の翔太にちょっと驚く俊明。

× × ×

ベンチに座って話す、翔太と俊明。
朝男は近くで、軽い腿上げ10秒と、
全力腿上げ20秒を繰り返している。

俊明「え…警察が…?」

翔太「奥さんと、話したりしてないんですか」

俊明「このところメールすら…本当に、お恥ずかしい限りで」

翔太「…別居してどのくらいですか」

俊明「いきなり突っ込んだこと聞きますね」

翔太「(真剣な眼差しで)……」

俊明「…2年半、くらいですかね」

翔太「どうしてそんなことになったんすか?」

俊明「……私の方から、逃げちゃったんで」

翔太「…?」

俊明「子供ができなくて、原因は私の方だったんです。手術すれば可能性はあったんですけど……」

翔太「どうして受けなかったんですか?」

俊明　「だって…玉を…（切る動作）」
翔太　「（想像して股間を押さえ）っ……」
朝男　「（実は聞いてて、股間を押さえ）っ……」
俊明　「（笑って）ははは、まあそれは半分冗談で。本当に怖かったのは…それでもダメだった時、男としての存在を否定されるんじゃないかってことで…」
翔太　「それは……ちょっと、怖いっす」
俊明　「結局、私が悪いんです。（冗談めかして）これ、もう、終わってますよね」
翔太　「終わってないです。切ってないんで」
俊明　「……玉を？」
朝男　「（実は聞いてて、股間を押さえ）」
翔太　「違います。児嶋さん、さっきから、別れたいとは絶対言わないっすよね。奥さんのこと悪く言ったりもしない」
俊明　「（自分でも今気付いて）……」
翔太　「どんなに離れてても、細くて弱くても、気持ちの糸がつながっていれば、それは愛です」
俊明　「……そう、なんですかね」

翔太　「……」
朝男　「（息も絶え絶え）すみません…バツイチから…一言…」
俊明　「⁉」
朝男　「終わりにするにしても……あらゆることを……やり尽くしてからを……お勧めします」
翔太　「この人、やりすぎてクソみたいなことまでしてるんで、そこは真似しちゃダメです」
俊明　「クソ…？」
朝男　「クソと呼ばれることまでしても…それでも後悔って、残るものですよ」
俊明　「…！」
翔太　「まだ菜奈ちゃんのこと諦めてないんすか⁉」
朝男　「たま――に抱きてぇなって思うくらいだよ」
翔太　「やっぱクソ兄ぃっすね」
朝男　「やめろ」
俊明　「……（清々しい顔で）よーし。切るかあ！」
翔太・朝男　「（どっちの意味かわからず、股間押さえ）……」

7　キウンクエ蔵前・前

俊明がマンションを見上げる。

俊明「……」

俊明、佳世に電話。

佳世（声）「もしもし…？」
俊明「もしもし？　今、家にいる？」
佳世（声）「……出かけてるけど」
俊明「ああ……そうか。帰り、遅くなる？」
佳世（声）「……あなたの家に向かってるんだけど」
俊明「へ？」

8　道

電話をしている佳世。

俊明（声）「あっはっはっはっは」

佳世　「…何？」
俊明（声）「俺、キウンクエ蔵前」
佳世　「え…」
俊明（声）「すれ違っちゃったな」
佳世　「……どうしたの？」

9　キウンクエ蔵前・前／道（適宜カットバック）

俊明　「手術、受けるよ」
佳世　「え…」
俊明　「それだけ言いにきた。…遅すぎるよな。ごめん」
佳世　「…しなくていい」
俊明　「え？」
佳世　「子供に執着するのはやめるって、言うつもりだったの」
俊明　「……」
佳世　「本当に欲しいものが、わかったから」
俊明　「はぁー…ここでもすれ違いか…」

佳世　「…そんなに、悪い気はしないけど」

俊明　「合流して、メシでも行くか」

佳世　「はーい」

佳世と俊明、踵《きびす》を返し、2人で合流するために歩き出す。

住民たちの2年間の物語

黒島・二階堂編

1　国際理工大学・外

2019年、春。

2　同・キャンパス内

歩いている黒島。前から二階堂が歩いてくる。
当然この時は顔見知りではないので、互いに意識しない。
が、すれ違いざま、黒島がバッグの外ポケットに入れていたハンカチが落ちる。
黒島は気付かず歩く。二階堂が気付く。

二階堂「(人と関わらねばならないことに嘆息して)……はぁ」
二階堂、(胸ポケットから?)ボールペンを出して、ハンカチを拾い上げる。

二階堂「ぁの…(ハンカチの違和感に気付き嗅ぐ)…?」
二階堂が嗅ぐことに集中している中、黒島がただ無表情で歩いてゆく。

3　キウンクエ蔵前・外観

4　同・1階廊下

淳一郎と君子が、廊下の隅っこでしゃがみこんで何やらゴソゴソしている。

君子「目立つんじゃない？」

淳一郎「いや逆に、まさか、というところにあるから有効なんだ」

と、どこかから帰宅した様子の久住が、違和感を覚えて淳一郎と君子の後ろから声をかける。

久住「あの…」

淳一郎「（とっさに立ち上がり）怪しい者ではございません！」

久住「!?　…いや、何してらっしゃるのかなぁと」

淳一郎「マンション住民のみなさんの安心と安全のためですので」

久住「?・?　あのですから、何をされてたんですか？」

君子「悪いようには、いたしませんので」

久住「ですからあの、何を…」
淳一郎「（もはや半ギレ）なにか問題でも⁉」
久住「！⁉？」
淳一郎と君子、背後になにかを隠して
ぎこちない愛想笑いで乗り切ろうとする。
久住「……失礼しました」
久住が部屋に戻ろうと踵を返すが、
さりげなく淳一郎と君子の方を見る。
淳一郎と君子の背後に招き猫が置かれ、こちらをじっと見ている。

5　同・103号室（淳一郎の部屋）

防犯カメラ映像を怖い顔で見ている淳一郎。
淳一郎「（目をギョロリとひん剥き）！」
淳一郎がスマホで110番に連絡。
淳一郎「もしもし。はい、現在進行形で暴行が行われています。場所はキウンクエ蔵前
というマンションで――」

防犯カメラには、コンビニ袋を持った波止が
黒島を蹴飛ばしている映像が…（映画＃73内回想）。

6　同・2階廊下（映画＃73内回想シーンより抜粋）

淳一郎が、神谷と水城を連れてくる。

淳一郎「こっちです！　ほら！　今日だけじゃないんです！」

水城「この野郎…！」

水城が体型に似つかわしくない素早いアクションで
波止を押さえ込み、手錠をかける。
神谷が黒島の前に立って、守っている。

7　同・エントランス

制服警官に連れて行かれる波止。
黒島はソファに座っている。
横で黒島を気にしている水城。

神谷が、招き猫を抱えている淳一郎に事情聴取。

神谷「後でお話聞かせてください」

淳一郎「はい」

神谷「（招き猫が気になり）それは？」

淳一郎「（すっとぼけ）招き猫ですが？　ご存じない？　ハッハッハおかしな人だ」

神谷「いえそういう意味では…」

淳一郎が無視して部屋の方に行く。

神谷は、凛々しい表情で立つ水城のところへ。

水城「あの娘が落ち着いたら、事情聴取な」

神谷「はい。……あの」

水城「なに」

神谷「勇ましくなられましたね」

水城「はあ？」

神谷「いやその、正直、以前はかなり」

水城「ビビリ？」

神谷「なにか、あったんですか」

水城「（ドヤ）催眠療法って知ってっか」

神谷　「（ヤバイものを見る目）…」

水城　「お前、ナメんじゃねえぞ⁉　すげえんだからなアレ！」

神谷　「はぁ…」

水城　「試しによ、遺体がパッタイに見える催眠かけてもらったんだよ」

神谷　「パッタイ…？」

水城　「知らない？　ほらあの、あれあの、ほら」

神谷　「米粉の麺で作ったタイの焼きそばみたいなものですよね」

水城　「そうそれ。よくさ、緊張しないように客をじゃがいもだと思え、みたいに言うだろ？　あれと一緒だよ」

神谷　「……その催眠って、解いてもらってますよね？」

水城　「……（なぜか答えず、黒島の方に）落ち着きましたか？」

黒島　「あ、はい」

水城　「無理はしなくて結構ですから」

黒島　「いえ、（笑顔）大丈夫です」

神谷　「……」

8　歩道橋（など、人気のない高所）（日替わり・夜）

黒島が笑顔で歩いている。
その後ろから、酔っ払っている様子でニコニコ歩いている波止。

波止　「ありがとな」
黒島　「なにが？」
波止　「庇《かば》ってくれたんだろ」
黒島　「だって波止くん、何も悪いことしてないでしょ」
波止　「……愛してるよ」
黒島　「え？」
波止　「（歩道橋から身を乗り出し、叫ぶ）愛してるぞー！」
黒島　「ありがと」

黒島、笑顔のまま波止をトンと押す。
波止、自分になにが起こったかわからないまま転落。
黒島、笑顔だったが、ふと夢から覚めたように真顔になる。

黒島　「あ。……あー……」

黒島、やってしまったという感じで、その場に座り込み、しばし考える。

黒島「(脳内でシュミレートし)……ょし」

黒島、119番に電話。

黒島「(取り乱している演技)っす…助けて…ください、彼氏が、酔って…歩道橋から落ちっ、落ちてっ…」

9　国際理工大学・キャンパス内(日替わり)

2年後。

歩いている黒島。

前から二階堂が歩いてくる。

二階堂「(黒島を意識して)……」

二階堂、若干歩くペースがゆっくりになる。

黒島は気にせず歩いてゆく。

すれ違った後、二階堂、立ち止まる。

二階堂「（振り向いて、声をかけようとし）あ…（やめて）……」
二階堂、肩を落とし、早足で歩いてゆく。
黒島、二階堂の方を見る。

黒島「（実は二階堂の違和感に気付いていて）……」

10　同・校舎内

一人座っている二階堂。
机に黒島が落としたハンカチを広げている。

二階堂「（ハンカチを見つめ）……（ちょっと嗅ぐ）」
と、寝ぼけ友人が後ろからきて、二階堂を肩パン。

寝ぼけ友人「つかれ〜」

二階堂「（びっくり）ッ！」
二階堂、ポケットサイズの消臭スプレーを
寝ぼけ友人に肩パンされたところに執拗にシュッシュする。

寝ぼけ友人「……で、何？　頼みって。珍しい」

二階堂「黒島沙和という方をご存じですか？」

寝ぼけ友人「ああ、二の腕出しがちガール？」

二階堂「（怪訝な表情）……彼女に、これを返したいんです」

寝ぼけ友人「…？　返してくれれば？　てかそこにいっけど」

寝ぼけ友人が指さした先の席で、

黒島が数式を解いている。

二階堂「（そちらは見ずに）把握してます。ことがそう単純なら人を頼ったりしません」

寝ぼけ友人「…？　うん？」

二階堂「まず、このハンカチを拾ったのは、約2年前です」

寝ぼけ友人「ハ？」

二階堂「返すタイミングを完全に逃してしまい、今に至ります」

寝ぼけ友人「あの子と面識は？」

二階堂「ありません」

寝ぼけ友人「……お前それ、ストーカー…」

二階堂「（遮り）僕だって薄々気付いたからこうしてあなたを頼ってるわけで」

寝ぼけ友人「わかったわかった、俺が返しとくから」

寝ぼけ友人がハンカチを取ろうとするが、

二階堂が触れられる前に取り返す。

二階堂「…僕が返します」
寝ぼけ友人「へ？」
二階堂「（自分でもなんで言ったのかわからず）……いや、やっぱり、お願いします」
寝ぼけ友人「（いろいろ察して）へ〜〜ぇ」
二階堂「…？」
寝ぼけ友人「ま、任せとけ」
寝ぼけ友人がそう言いつつ
二階堂を肩パンし、立つ。
二階堂、再びしつこくシュッシュし、
黒島の方を見ると…寝ぼけ友人が
黒島と馴れ馴れしく話している。
二階堂「!?」
寝ぼけ友人「ちょっと話してやってくんない？　あいつなんだけど」
黒島「はぁ…」
寝ぼけ友人が指す方を黒島が見ると、二階堂と目が合う。
黒島「…！」
二階堂「（目が合ったことにテンパり）！！！」

寝ぼけ友人「悪いやつじゃないから、（小声で）女子に免疫ないだけで」
黒島「あ」
二階堂、盗人のように逃げてゆく。
寝ぼけ友人「おぉい！」
黒島、反射的に立って、二階堂を追ってゆく。
寝ぼけ友人「おおお〜〜〜……春（寝る）」

11　同・キャンパス内

二階堂が身を縮めた状態で逃げる。
後ろから黒島が追ってきて、二階堂の肩をつかむ。
黒島「あの」
二階堂「！」
黒島「話って、なんですか？」
二階堂、黒島に掴まれたところをクンクン嗅ぐ。
黒島「…？　あの」
二階堂「っあ、すみません。あの、これを」

二階堂がハンカチを差し出す。

二階堂「以前、落とされました」

黒島「あぁ…わざわざ、ありがとうございます」

黒島が受け取ろうとするが、二階堂が咄嗟に引っ込める。

黒島「…?」

二階堂「すみません。これを返すと、僕とあなたの関係性がなくなります。なのでその前に、いくつか質問してもいいですか」

黒島「…どうぞ」

二階堂「あなたは、僕と腹違いの兄弟かなにかですか?」

黒島「違う…はずです」

二階堂「では過去、幼少期に親しかったとか」

黒島「出身は?」

二階堂「広島です」

黒島「私、高知なので、多分それもないかと」

二階堂「(脳内で他の可能性を探り)……」

黒島「あの、ずっとこれを返そうとしてくれてたんですか?」

二階堂「(想定外の返しに動揺して)えっ……はい」

黒島　「本当に、それだけ？」
二階堂　「はい…」
黒島　「（ちょっと微笑み）優しい方なんですね」
二階堂　「違います。人が苦手なだけです」
二階堂、もう一度、黒島につかまれた肩を嗅ぐ。
二階堂　「……僕は、他人の臭いが、苦手なんです」
黒島　「…？」
二階堂　「でも、あなたの臭いは、なぜか大丈夫なんです。そんな人は他に会ったことがありません。ですがどうしても、その、合理的な理由がわからなくて……」
黒島　「……」
二階堂　「お時間とらせて、すみませんでした」
二階堂、ハンカチを黒島に押しつけ、去ろうとする。
黒島　「人によっては、それ」
二階堂　「（立ち止まって）…？」
黒島　「恋って呼ぶらしいですよ」
二階堂　「（全く理解できず、物凄い形相で黒島を見て）……恋？」
黒島　「（笑って）なんですか、その顔」

黒島の微笑みは、優しくも、妖しくも見える。
どちらにせよ二階堂は、その微笑みに釘付けになる。

12　キウンクエ蔵前・エレベーター〜エントランス（日替わり）

エレベーターに、シンイーとクオン。

シンイー「店長、今度コラボしてカップ麺出すんじゃて」
クオン「あの店、そんな有名なったんだね」
シンイー「んなわけなかよ、（薬指と親指を立て）コレよこれ」
クオン「（意味わからず）…なに？」

1階に着き、ドアが開いて出ようとすると、
黒島と二階堂が並んでいる。

シンイー「おおお！　黒島殿下！」
黒島「どうも」
シンイー「殿下の隣におわすのは……彼氏殿でごんすか？」
二階堂「！」
シンイー・クオン「（二階堂を見て）……」

黒島　「（あえて二階堂を見て）……」
二階堂「……はい」
クオン「（微笑ましい）フレッシュだね！」
シンイー「（両手の中指と小指を立て）これやね」
クオン「…なに？」
シンイー「ごゆっくり～」
　シンイーとクオン、出てゆく。
黒島　「……彼氏、なんですね」
二階堂「（急に焦って）違いました⁉」
黒島　「（笑って）彼氏ですよ」
　黒島が二階堂の手を引いて、エレベーターに乗る。
　手をつないでエレベーターで並ぶ黒島と二階堂。
二階堂「（つないだ手を見て、黒島を見て）…」
黒島　「（二階堂を見返して）…」
二階堂「（恥ずかしくて正面を向いて）…」
黒島　「（恥ずかしいんだなとわかりつつ、正面を向いて）…」
　エレベーターのドアが閉まってゆく。

トーン、トーン。音が聞こえる。
二階堂の視線の先、管理人室前に続く廊下の死角に、
内山の爪先が見える。
二階堂「(視線を上げ、内山と目があったような雰囲気)…?…」
黒島「(不気味なほど無表情で)……」
エレベーターのドアが閉まる。
カメラ、爪先からパンアップすると、内山がニヤリ。
その背後、尾野が立っている。
尾野「……(ニヤリ)」

フェイクドキュメント編

1　アバン

それぞれ、どこかで座って
個々でインタビューを受けている。

菜奈　「結婚パーティーがあんなことになるなんて…翔太くんのこと信じてたのに…」
翔太　「…人生でいっちばん、幸せな旅になるはず…だったんです」
黒島　「……（ただ黙って、涙ぐんで）」
二階堂　「…すいません、言葉が見つかりません…」
淳一郎　「悲劇、と言うほかありません（悔しい…）」
早苗　「（バタフライを思い出し恥ずかしくて発狂）ぁあぁあぁあああぁ！！！！」

×　　×　　×

【映画本編（フラッシュ）】
ナレーション「絶海に取り残された船。次々と殺されていく人々。一体、あの船でなにが起こったのか…!?　乗船客が語る…!!」

×　　×　　×

2　本編

翔太「菜奈ちゃんのウェディングドレス姿をどぉぉぉぉぉしても見たい！って説得したんですよ。家族の式の時は、和装だったんで。あ、見ます？菜奈ちゃんの写真！」

菜奈「翔太くんが張り切っちゃって…西村さんのイベント会社がちょうど船上結婚パーティーのプランを始めるからって、住民会のみなさんも招待して、一泊二日の予定で」

菜奈・翔太「あの船に乗ったんです」

×　×　×

【映画本編】

出港する船、幸せそうな笑顔の人々。

ナレーション「2021年、秋。2人の結婚を祝うため、あの船に乗り込んだ人々」

×　×　×

柿沼「スッゲェワクワクしたっすよ。船旅なんて！」

あいり「うちら、新婚旅行もしてなかったし？」

正志「久しぶりに、夫婦水入らずの遠出でね」

俊明　「みんな年甲斐もなく浮かれちゃって」
江藤　「（スマホに向かって）ピースフル！（音楽かかる）」

×　×　×

【映画本編】
パーティーのフラッシュ。
ナレーション「新郎新婦と、23人の招待客」
パーティーで「会いたいよ」を熱唱する翔太。

×　×　×

菜奈　「パーティーは、うん、楽しかったです。あと女子同士で恋バナとか」
黒島　「あー、はい。菜奈さんにちょっと恋の相談しちゃいました（照れる）」

×　×　×

【映画本編】
菜奈の部屋へ相談に訪れる黒島。
やや怪しく見える。
黒島「内緒ね」と言って淳一郎にキス。
それを目撃し、驚愕する二階堂。

×　×　×

淳一郎「面目ない!!　ごめんなさい、申し開きのしようもございません！」
西村「（ため息）まぁゴタゴタしても、途中まではなんとか順調だったんですよ！…
なのに、8人も殺されるなんて…」

×　×　×

【映画本編（恐怖映像フラッシュ）】
竜宮城で死体を発見して驚愕する人々、
燃える男、謎の空き箱、
壊された監視カメラ、海面に広がる謎の液体…。
ナレーション「幸せな旅は一転、死のクルーズに…！」

×　×　×

神谷「我々が乗り込んでからも、連続殺人は続きました。どうして船なんて逃げられ
ない場所で…」
木下「完全に、犯人、（ニヤ）挑発してましたね～」
水城「さすがにビックリしたよねぇ、サメからパッタイ……」

×　×　×

【映画本編】
引き上げられるサメ。

の口から久住の生首。
人々の悲鳴。

× × ×

藤井「（珍しく本気で悲しんで）なんで…なんであいつが！」
シンイー「そっだら…謎のキョーハクジョーまで！」
クオン「ぼぼくたち、何もしてないのに！」

× × ×

【映画本編】

704号室で「あなたの番です」と書かれたメモを見て怯える菜奈と翔太。

× × ×

菜奈「一体誰が、何のために…って」
翔太「…菜奈ちゃんが狙われるんじゃないかって」
神谷「正直、怪しい人物は、かなりいました」
黒島「でもまさか、あの人が乗ってると思わなくて…（怯え）」
二階堂「黒島さんのことは、絶対守らなきゃって思ってました」

× × ×

【映画本編】

トントンする内山、作業着の南、カメラを構える蓬田、なにかを刻む尾野、イライラする朝男、殺意がありそうな美里、床島、早苗、浦辺。

怪しい雰囲気の早川教授。

鋭い目つきの二階堂、そして無表情の黒島。

× × ×

尾野「怖い人がいっぱいいっぱいいっぱいいっぱいいっぱいいたんですよぉ？ …胎教に悪いです、ホントに」

浮田「あいつに比べたら……俺なんてかわいいもんだよ」

× × ×

【映画本編】

全く出ていない大物ゲストが、誰かを殺す様子。

暗いコンテナの中にうごめくワニ。

車椅子に座ったまま美里の首を締める幸子。

× × ×

幸子「…私は何もしていませんよ」

吾朗　「…私の責任です…」

×　　×　　×

【映画本編】

怪しい翔太、不安な菜奈。

ナレーション「そして、愛し合う2人に悲劇が…」

×　　×　　×

朝男　「ショウ、暴走しやがって……（感情的に）クソォッ！！」

早苗　「菜奈さん、すごく辛かったと思うんです。思い詰めてあんなこと…」

淳一郎「気持ちは、わかります！　わかりますとも！」

君子　「わかるわけないでしょう！　愛する人を殺す気持ちなんて！」

×　　×　　×

【映画本編】

翔太に水中銃を向ける菜奈。

緊迫する人々…菜奈、水中銃を発射！

翔太に命中！

×　　×　　×

菜奈　「ああするしか、なかったんです……」

翔太　「何の悔いもないです。菜奈ちゃんに殺されるなら…本望ですよ（悪い顔）」
菜奈　「…（感情のわからない笑み）」

×　×　×

【映画本編（フラッシュ）】
ナレーション「果たして、殺されるのは、誰なのか？　殺人犯は、誰なのか？」

Special Interview

あな番の舞台裏

脚本 福原充則 × 企画 秋元康 × プロデュース 鈴間広枝

――『あなたの番です』の一番最初、ドラマの企画はどのように誕生したのでしょうか？

鈴間 秋元さんからの「マンションで殺人が起こる」というところからですね。

秋元 僕が昔、住んでいたマンションの住民会みたいなものに出たことがあるんですが、お互いのプライベートは何も知らない人たちが集まって外壁工事をどうするかなんて話をするのは不思議だな、とその状況が非常に面白くて、何かのシチュエーションで使いたいと思っていたんです。住民会で大人数での交換殺人だったらどうだろうと鈴間プロデューサーに話したところから始まりました。

鈴間 それで私が福原さんに「一緒に作ってくれませんか？」とお願いして。

福原 「すごく面白いな」と思って、そこから半歩前に進もうと思ったら全く進まなくて。ただ殺すんじゃなくて次の人も探す必要があるからわからなくなってしまって、『あな番』専用のホワイトボードを買って、表を書いて、その表をいじって、加筆して…、最終的に曼荼羅みたいになっちゃって。

鈴間 日テレの会議室で相談しながら誰が誰を殺すかの表を作りました。完成まで、たぶん3か月位かかったんじゃないかな。会議室のホワイトボードを消すのを忘れて帰ってしまって。しばらく社員にネタバレしてしまっていて。オンエア前で誰も気づかなかったんですけど（笑）。

——キャラクターはどのように作っていきましたか？

秋元　キャラクターに関しては脚本の福原君の力ですよね。

福原　秋元さんがすごく面白いキャラクターの輪郭をガツンと作ってくださった中で、どう関節を組み立てて、どういうモーターを入れたらそれが動き出すのか。理科の実験みたいでしたが、今思えば楽しかったです。

——映画版『あなたの番です』はどういうところから企画が立ち上がったのでしょう？

鈴間　日本テレビの映画事業部が盛り上がっていたのですが、私たちは最初「やりきったよね」という感覚で。

秋元　何よりいちばんの問題は、キャラクターがもう死んでしまっていて、犯人も決まっていること。そこが解決しない限り、映画化は難しいんじゃないかと話していたんですよ。

鈴間　でも秋元さん、実はドラマ終了直後に「パラレルワールドかな」とおっしゃっていたので、それならあるのかなと思い始めたんですよね。

秋元　「翔太と菜奈ちゃんが結婚式を挙げよう」というところから豪華客船になったんですけど、そこからが福原君は大変だったんじゃないですかね。

福原　この内容に決まってからもいろんなアイデアをいただけたので、その取捨選択の作業も楽しかったです。約2時間半の映画なのに5時間分くらいのアイデアをも

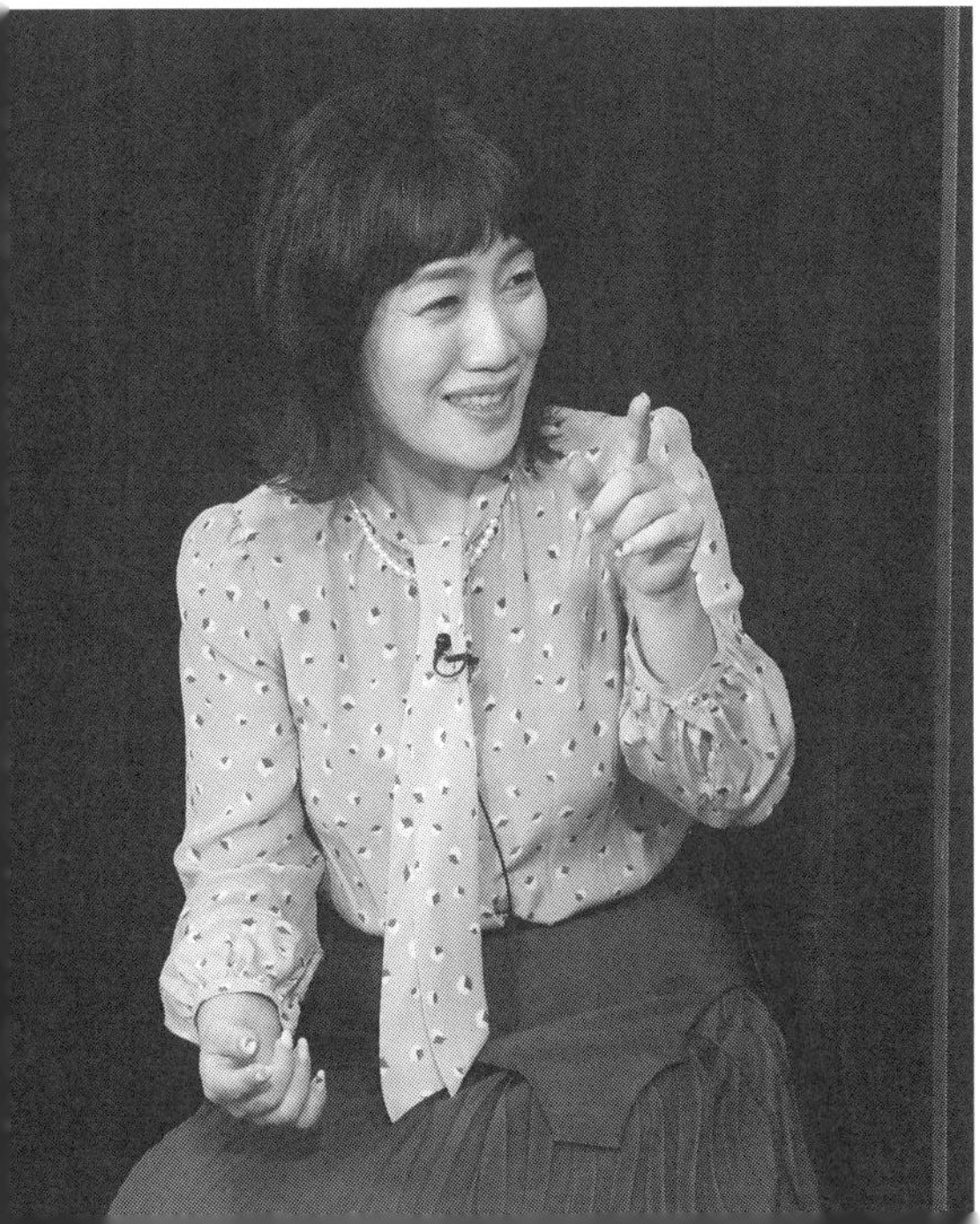

らって、第1稿の脚本はそのまま撮ったら6時間くらいでしたから（笑）。

――ドラマ版とどこをどう変えていこうという話に？

鈴間　ほとんど変わっていないですよね。2年の時間経過の中で、自然の流れで全く同じ人たちが登場するというのを大事にしました。

秋元　その中で誰がどう殺されるかは僕がアイデア担当で。観てくださった方がドキッとする、ハッとするような展開にしたいと。ホラーの基本ってやっぱりサービス精神だと思うんです。だから、お化け屋敷に入っていくかのように、どこで殺されたら驚くかを考える。床島もどうやって出てくるかをみんなでわいわい話しながら考えていきました。

福原　いつも打ち合わせは真剣なノリなので「なるほど」とメモっていますけど、内心お

客さんとして「すごい、超楽しいな」と思っています。「でも具体的にどうするんだろう、この展開に行き着く過程で問題はあるだろうな」と思いながら打ち合わせを終えて、その大変さには気づかないフリをして、楽しさだけを大切にしようと思っていつも帰路につきました。

鈴間　ドラマ版でも、何話で誰が殺されるかは決まっていて、プロットを作ったら秋元さんがもっと面白いアイデアをくださって。その繰り返しで、できているものをその新しいアイデアにどうつなげるかという作業の繰り返しでしたね。

――どんどん殺人が起こる映画でありながら、笑えるシーンもたくさんありますよね。

秋元　福原君は笑いが好きなんですよね。視聴者や観客の皆さんより前にまず鈴間と僕を笑わそうとしている。脚本を読みながら大笑いしました。

福原　役者さんがなんとかしてくれるという信頼があるので、この武器を渡す感覚というか。「こう書いておけば役者さんがこっちの想像以上に振り回してくれるんだろうな」というつもりでト書きを書いています。役者さんが拡声器になって脚本を5倍、6倍に膨らませてくれる、そのための種をまいておく。

鈴間　この福原さんの言葉たちをラブレターのごとく、役者の皆さんが受け取って、より面白くしようと、育てるみたいな感じ。

――やはりキャラクターのインパクトがすごいですよね。たとえば尾野ちゃん。

秋元　連続ドラマで福原君が魂を吹き込んだ尾野ちゃんが、本当に「尾野ちゃんだったらこうなるだろうな」というふうに勝手に動いていくんですよね。映画でいちばん好きなのは「黙祷！」。本当に尾野ちゃんが言いそうだもんね。

福原　役者さんの演技を見て、「こういうキャラクターだったんだ」と教えてもらって台本に反映させましたからね。尾野ちゃんは特に、そういうキャッチボールが出来た気がします。ご本人とは話したことないですけど。

鈴間　奈緒ちゃんはもちろん、皆さん「どうやったら面白いか」という宿題を受け取ってすごく考えて現場に持ってきてくださるんですよね。

秋元　あんなに登場人物が多いのに、それぞれのキャラクターにファンがついてくださった珍しいドラマだと思うんですよね。今回の映画の見どころは、そのキャラクターのうち誰が犯人なのかというミステリーの部分と、もうひとつはやっぱりどーやん

（二階堂）と黒島ちゃんのラブストーリー。単純なミステリーではなく、ホラーでもなく、ラブストーリーとしてきゅんとするようなセリフもある。そこはぜひ注目してほしいですね。

「あなたの番です 劇場版」完全解説 脚本家・福原充則

劇場版は突拍子もないアイデアからはじまった

『あなたの番です』は、連続ドラマの20話を終えた時点で登場人物がたくさん死んでいるので、続編を作るのは難しいだろうなと思っていました。でも秋元康さん、鈴間広枝プロデューサーから「パラレルワールドの世界を映画に」というお話があって、それならできるかなと。元々ドラマ1話の冒頭、住民会に参加するのがどちらかを決める菜奈と翔太のじゃんけんについて、もう少しいろいろなことができるなと思っていたんです。「あのときのじゃんけんで自分が勝っていたら、負けていたら…」と2人が悩むところをやりたかったので、映画の話を聞いて真っ先に「あのじゃんけんからのアナザーバージョンができるな」と思いました。

最初は、「2年たってこんなに変わりました」という内容でも面白いかなと思ったんですが、もし自分が観客だったら、ドラマで記憶したキャラクターをもう一度観られる方がうれしいかな、と。誰も成長していない、変わらない『サザエさん』状態の方がいいだろ

う と思い直して、関係性とか組み合わせ、性格はそのままで、じゃんけんの結果だけが違った世界を描くことになりました。

豪華客船を舞台にするというアイディアは秋元さんから出たんじゃなかったかな。ただ、脚本を書き始めたときはまだ具体的にどんな船かも決まっていませんでした。書いている途中でダイヤモンド・プリンセス号の事件が起きたりしたので、船は難しいかもしれない、元より会議で浮上していた孤島とか、山奥のホテルに変更になるかもしれないなと思いながら書いていました。まあ〝逃げ場がない〟という意味では船上も、山奥のホテルも変わりませんから。

実際に撮影に使われたのは「さんふらわあ号」なんですよ。僕の父親が北海道出身だったので、小学生の頃帰省する際、よく仙台から車ごと乗った記憶があって、なじみのある船だったのがちょっとうれしかったですね。

周りから理解されない黒島という存在

この映画のテーマはなんだろうと考えたとき、最終的に残ったのは愛の話でした。それをちゃんと描こうと思ったら初稿が6時間くらいになってしまって。映画の話をいただいたときは「2時間分書けば終わる。なんて楽なんだろう」と思ったんですけど、いざ書いてみたら連ドラの方が楽でしたね（笑）。『あな番』は群像劇なので、2時間半にまとめるのは本当に大変でした。いちばんばっさり削ったのは、ドラマにもあった木下と蓬田の恋愛シーン。あと尾野ちゃんの子供の父親候補が次々と出てくるシーンもありました。あとは床島と赤池やシンイーとクオンの恋模様もいいシーンがいっぱいあったんですけどねぇ……。

黒島と二階堂の恋愛には人の死が深く関わっている。それってやっぱり特殊じゃないですか。「死んだ人のことを考えろ」と思ってしまう面もあるし。でも人を殺しながらも人を愛することもあるし、殺人を犯している人を愛することもありますから。その上で、特殊さを受け入れてもらうためにいろんな角度から恋愛を描いたら6時間だったというのが初稿ですね。

黒島が死ぬ間際に数式をつぶやくのは、後から足した部分です。要は命が消える瞬間に黒島が二階堂のことを思い浮かべているってことですよね。ここで「二階堂くん、好き」と書ければ、僕ももう少し売れるかもしれませんけど（笑）。

黒島という人はドラマ版で犯人だったわけですけど、僕としては、最終話で誰が犯人かということよりも、「何かを愛することは尊いことでしょ？　だったら私が愛してる〝殺人〟も尊いことだよね？」というとても危険な理屈が視聴者の方にどう観られるかの方にドキドキしていたんですよ。でも、その部分はほとんど取り沙汰されなかったと思います。よくも悪くもいつも僕の狙いは外れるんですよね（苦笑）。

殺人という極端な例だとわかりにくいですが、〝好きなことが周りから認められない〟というつらさは、普通にあることじゃないですか。マニアックな趣味をバカにされたり、将来なりたいと夢みてる職業を無理だと否定されたり、好きな人と結婚したいのに親から反対されたり。簡単に言えば、自分が愛しているものや概念が他人から理解されないという状況を極端に描いているのが『あな番』の最終回だったんです。黒島が発する、理解してもらえないという悲しみには共感が生まれるかなと思ったんですが、そこはうまく伝えられなかったのかもしれない。

そもそもは、黒島を演じた西野さんという人が、自分の抱えているものを外に見せない人のように感じたんですよね。誰にも理解してもらえない悩みがあって、それは、放出したら人を殺しちゃうくらいの熱量で体内をどろどろと蠢《うごめ》いていて…、というあくまでも僕の勝手な想像ですが（笑）。そんな想像上の西野さんから黒島というキャラクターを肉付けしていきました。

揺るがない菜奈と翔太の関係

菜奈と翔太の関係性は、映画でもずっと変わりません。ドラマのときから「20話もあるんだから2人の関係に変化があった方がいいんじゃないか」というのはもちろん考えましたし、話し合いました。現実でも距離が縮まったり離れたりすることはあるじゃないですか。でも、秋元さんはそこに関しては一貫して「2人は変わらない、お互いを疑わない、ずっと愛し合っている」と言い続けていました。まあ、映画ではほんのちょっとだけ疑いましたけど（笑）。だから2人は、観ていてホッとする関係ではありますよね。

僕は菜奈と翔太を描くとき、〝人が周りで死んでいく〟という極端なシチュエーションを使って、ものすごく恥ずかしい恋愛の側面を見せられたらいいなと思っていました。〝人の裏側〟というと、どろどろしたものとか暗いものばかり描かれますけど、ポップな裏側も存在するじゃないですか。人前では見せないという面で言えば、恋愛のいちゃいちゃも同じ。だからそのポップな方を2人に担ってもらいました。やっていることだけ取り出したらけっこう生々しい、誰かが見たら卒倒してしまうような、恥ずかしいカップルの一面ですけど、原田さんと田中さんが絶妙なバランスでさわやかに演じてくれているから成り立ったと思います。

映画では菜奈と翔太はお互い死ぬことなく終わります。ここで、「また菜奈を死なせる」という話は出なかったですね。やっぱり嫌な気持ちで映画館を出てほしくないというのもありますし、ドラマ版でちゃんと結婚できなかった2人に、今度こそ結婚式を挙げさせてあげたいというのは元々の大きなテーマではあったので、最後はそこに戻らなきゃいけない。元々のテーマを忘れないというのは、秋元さんの中にすごく強くあるんですよね。

誰が殺すか、誰が殺されるか、どう殺されるか

今回、映画版で誰を犯人にしたら面白いだろうかというのはかなり話し合って、いろんな案の中で神谷に落ち着きました。意外性もあるし、面白いアイディアだなと思いながら書きました。まず、実際に犯罪を犯している人と、その指示を出している人が分かれていて、指示を出している人が船に乗っていない方がいいんじゃないかという話になったんですよ。じゃあ誰だったら船に乗らないまま指示が出しやすいかを考えたときに、神谷だろうと。

初稿では神谷の話もかなり丁寧に振ってはいたんです。神谷がかつて逮捕した犯罪者の伝手《つて》でチンピラを船に乗せて、まったく別の殺人事件を起こさせる。神谷はこの最初の事件の通報を受けて船に乗り込むので、当然アリバイはあるわけです。そして〝最初の事件の犯人が連続殺人を起こしている〟という振りをして黒島を殺すという展開を作っていましたけど、それをやっていたら6時間になってしまったので、そこはバッサリとカットしました。

でも、そうやっていろんな人の恋愛とか、神谷の仕掛けとか、3時間半分も削っている

中で、早苗のバタフライシーンが残っていたりする（笑）。あれは一度も削ろうという話にはなりませんでした。僕が「削るしかない」と思ったシーンも、秋元さんは「いや（無駄も）必要だ」って残してくれるので。

誰が殺されるか、どういう順番で殺されるかは、別々に話していたんです。それを2時間半の中でどう組み合わせていったら面白くなるかを、秋元さん、鈴間さんと考えました。結果、ドラマ版と同様床島から亡くなることになりました。できあがった映画を観たら、登場人物があまり床島のことを悲しんでない。自分で書いた脚本ですけど、なんだかさみしくなっちゃいました（笑）。竹中さんが「誰からも愛されていない人」を演じるのが上手すぎたんです。

自分ができないことは、脚本に書かない

いちばん脚本から膨らんだなと思ったのは、アクションですかね。水城のアクションシーンは「こんな風になったんだ」と笑っちゃいました。アクションは特に、脚本に細かな所作は全く書いていなくてお任せです。一応ト書きに「派手な」とか「誰も見たことない」とか形容詞はつけるようにしていますけど。あ、ドラマ版では「7回は巻き戻して見たくなるアクション」というト書きも書きましたね。

ト書きはまず読む人、スタッフさんに伝わるように書いています。会話を並べていったときに足りない要素を演出で埋めることになりますけど、たとえば〝タラップを駆け上がる足音が異様に耳障りである〟みたいなト書きは、「単なる移動シーンじゃないですよ」ということをスタッフさんに伝えたい。今後の不吉な予感をかきたてるためのシーンだとわかってほしい。それを〝不安が高まる〟と書いてしまってもいいけど、それじゃちょっと味気ないじゃないですか。

舞台では演出もやるので、映像とは畑が違いますけど、〝実際に自分が演出できないな〟ってことは書かないようにしているんです。今回も、せっかく洋上の設定ならクライマックスで全員海に突き落としたいじゃないですか（笑）。でも、〝全員海〟は撮影が大変なことになるのは想像がついたので、「甲板の上で水浸しならどうだ！」って。以前、ラスト30分ずっとどしゃ降りって芝居をやったので、「ここの会社に頼んで、このタイプのホースとポンプを用意すると毎秒何十リットル出せます！」とかは言えるので、「じゃあ書いちゃおう」って（笑）。

舞台演出から引っ張ってきているといえば、二階堂と黒島が同じ部屋で会話しているように見えて実は違う部屋で別々にいるシーンですね。秋元さんから「会話じゃなくて映像的に面白い仕掛け、ないかな？」と相談されて書いたものです。別々の場所で話しているけど、その会話が偶然噛み合っているかのように見えるというのは、演劇では昔からよくあるテクニックなんです。まぁあくまでも見せ方のひとつに過ぎず、謎解きの肝ではないですが。

『ツイン・ピークス』のような無駄と強烈さ

ドラマ版を観ずに劇場版から入る方のことはもちろん考えました。ちゃんと映画内の2時間半で完結する、わかりやすいものがいいんだろうと思いつつ……。

僕、『ブルース・ブラザーズ』が大好きなんですけど、あの映画のディレクターズ・カット版って主人公の2人が普段どういう仕事をしていたのか等々、全てわかるんです。で、全然面白くない（笑）。やっぱりわからない面白さってあるんですよ。だからドラマを観ていなくても楽しめる、けれど完全に〝わかる〟かどうかまでは気を遣わない、という塩梅にできたらと思っていました。わからなくても「じゃあドラマ版も観てみるか」と思ってもらえたら一番いいなと。

子供の頃、近所のビデオ屋で〝大相撲の優勝者を当てたらビデオ無料券がもらえる〟というのをやっていたんです。それで、若花田の初優勝を当てまして。それまで優勝経験がなかったことでオッズが高く、無料券を何十枚ももらって、そのお陰で『ツイン・ピークス』のドラマ版を全巻借りて観たんですよね。もう細かいストーリーは記憶してませんが、チェリーパイとか、丸太おばさんとか、ドラマに登場した些細なことはしっかり覚えていたりする。そういう無駄って、あった方がいいと思っているんですよ。そう、「『ツイン・ピークス』の丸太おばさんみたいな人がいたらいいな」と思って尾野ちゃんが生まれたんですよ。本筋と関係なくても後から思い出せるような強烈さをもったキャラクター。

無駄は本当に大事で、生きていると嫌なことってたくさんありますけど、記憶の容量は決まっていると思うので。その容量を良いことプラス無駄な記憶で埋め尽くすことで嫌なことの入り込む隙をなくす、というね。

役者とのコミュニケーションで膨らんだ『あな番』

ドラマ版を書いているときは本当に大変で、終わった時点でもうこれ以上は書けないだろうなと思っていましたし、映画の話をお聞きしたときも最初は無理じゃないかとも思いました。でもドラマを20話も書いていると、役者さんのアイディアがそれぞれのキャラクターにふんだんに盛り込まれているんですよ。そこから力とアイディアをもらって映画も書けましたし、今となっては連ドラがもう10話分書けたかもしれないな、と思います。20話は無理ですが（笑）。

普段演劇の稽古場ではどんどん役者さんのアイディアを取り入れて、1か月の稽古の間に作品を大きく深くしていくんです。『あな番』では、僕自身現場で役者さんの生の演技は拝見してませんが、毎回できあがった作品を観て「こう来たか」と、その時書いている回に活かす、ということができました。全10話だと、活かそうとしてる内に最終回を迎えちゃいますけど、20話ありましたし。そうして役者さんとコミュニケーションを取りながら試行錯誤することができた作品だと思います。

この先、『あな番』が『北の国から』みたいに10年、20年続いても面白いかもしれませんね。『北の国から』は、時間がゆっくりと経過するじゃないですか。今回の映画は2時間半にいろんなことを詰め込みましたけど、もしあんなふうに長編にできたら、もうちょっとのんびりと丁寧に殺人が描けるかもしれません。『あなたの番です'23』で起きたいざこざが発端で、『あなたの番です'27』で人が死ぬ、みたいなペースで（笑）。

「金曜ロードショー版」ができるまで　脚本家・高野水登

「金ロー版」はこうして作られた

金曜ロードショー版『あなたの番です』は、鈴間広枝プロデューサーの構成のもと、「映画に登場するが深くは語られない部分」と「映画にはあまりメインで出てこないがドラマ版ではしっかりと物語があった人たち」の補強をしようというコンセプトで作っていきました。

最初はドラマ版のときに担当していたＨｕｌｕオリジナルストーリーのスピンオフドラマ『扉の向こう』と同じ感覚で書いていたんです。でも初稿を読んだ秋元康さんから「〝あな番村〟の人たちだけに向けていちゃダメだ」とビシッと言われたんです。「今回は『あな番』を知らない人にも気になってもらえるものにしたい」と。それを受けて、ドラマ版を観ていた人が喜びそうな仕掛けを盛り込みつつ、全体的に展開やセリフを見直して、ドラマを観ていない人でもそれぞれの関係性がなんとなくわかるようなものになりました。

金ローの『あな番』特番はドラマとバラエティが融合したものということだったので、ドラマパートは実質１時間くらいしかないんです。その中で大きく分けて５つの物語を描かなくてはならない。だからそれぞれのエピソードは短編みたいなもので、とにかく時間がないんです。そんな状況で、それぞれ10～20分でドラマが成立したのは、やはりキャラクターがあらかじめできていたから。これは福原さんが本当にすごいと改めて思いましたね。ドラマ版がスタートする前、脚本づくりの最初の段階で福原さんがキャラクター設定表を作ってこられたんですが、その時点で一人ひとりの登場人物に引っかかるところ、へんなところ、面白いところが必ずあるんです。それを膨らませていくと、すごく魅力的な人になる。さらにそれを20話重ねてキャラクターに役者さんたちの魅力も加わっていった。そのおかげで、短い時間であっても「この人とこの人が話したら解決する」という道のりができあがっていったのだと思います。

「キムチ鍋かミルフィーユ鍋か」の紆余曲折

時間の短さもあって、どのエピソードもほぼワンシチュエーションなんですよね。だから基本的には「マンションの一室でどれだけ面白いことができるか大喜利」の面があって。菜奈・翔太編では翔太と朝男のしょうもない争いを描こうという形になりました。

「キムチ鍋かミルフィーユ鍋か」という翔太のセリフは、最初「チゲ鍋か味噌チゲ鍋」にしていたんですよ。どっちでも同じだし、何ならチゲ鍋に後から味噌入れれば両方いけるじゃん、というくだらなさがいいなと思って。でも秋元さんが「食べ物の部分、どちらかで迷ってるみたいなところがバズるからもうちょっと考えよう」と。観ている人が「わかるわ」とか「鍋食べたい」とか思って、思わずＴｗｉｔｔｅｒに書き込んでしまうようなものにしようと。秋元さんはそういう部分をこだわられる方なんです。たしかに僕も食べることが好きで、ドラマに食べ物が出てくると気になる。そこが凡庸だとつまらないし絶妙だと嬉しい。これは勉強になりました。

朝男の語る菜奈ちゃんの魅力、「つむじの味」とか「異様に伸びる肘の皮」とかは、僕がそういうフェチというわけじゃないですよ。朝男だったらこんなことを言うだろうなと書いていったものです。でも「金ローの枠でここまで言って大丈夫？」「ギリギリ大丈夫じゃないですか？」というのは争点になっていました（笑）。

初めての方にわかるようにといっても、もちろんドラマ版のファンの方にも喜んでいただきたい。だから尾野ちゃんがエレベーターに挟まりまくるシーンでは、本編のセリフを引用しています。これは、流れやシチュエーションは違っても結局同じ運命をたどってしまうというパラレルワールドの醍醐味ですね。

伏線をいかに自然に入れるかが自分の仕事

児嶋家はドラマ版ではすごいインパクトを残した夫婦じゃないですか。だから「この2人のちゃんとした話をやって、観ている方は戸惑わないかな?」と打ち合わせでさんざん話しました。かなりセンシティブな不妊の話が関わってくる中で、短時間でなんとかこの夫婦をハッピーにするには、やっぱり菜奈ちゃんと翔太の言葉しかない。よくよく考えると菜奈ちゃんも、子供についてはひとつの決断をしているはずで、そこを掘り下げることで作品としてまとめることができました。

榎本家編では「どうやったら総一を外に出せるんだろう」と考えた結果、ここも菜奈ちゃんしかいないよなと。あと、総一が反抗期を迎えるという展開は当然あるだろうなと思ったんです。親が束縛していた子どもが、成長して強くなってコントロールが効かなくなるというのは、自分の周りでも実際の例としてちょくちょく聞いたことがあったので。その、親子の力関係が逆転したときに親が子どもにどう向き合うかは普遍的なテーマかもしれないと思って書きました。

床島編では「難燃アノラック」という単語を自然に入れるためにバーベキューという設定が生まれたわけですけど、間違った練炭自殺を思いついたときは自分でも面白いなと思いました（笑）。あの練炭自殺があることでバーベキューの意味が出るじゃないですか。床島さんが炭を食べようとする展開が書けるのは、あのキャラクターだからこそ。それを見た赤池さんが日本兵のように叫ぶシーンも、実はドラマ版で福原さんが書いていたことをそのまま使わせていただいただけなんです。脚本を読んだときにセリフのところにカッコ書きで「（日本兵のように）」って書いてあった（笑）。こんなト書き、見たことないよと思いました。視聴者にどれくらい伝わっているかわかりませんけど、ちゃんと峯村さんも日本兵のように演じていましたしね。

『あな番』における僕の仕事ってまさにこの「難燃アノラック」の部分なんですよ。いかに自然に伏線を入れるか。『あな番』では、ここでこれを言っておかなければとか、これを匂わせておきたいとか、課題がいっぱいあるんです。そういう材料をたくさん渡されて、ひとつの料理として成立させるのが僕の仕事だと思っているんです。そこにたとえナマコが入っていても、ちゃんとカレーにする。でもナマコと気づかれちゃダメなんです。うまくひき肉だと思わせて、本編を観てみたら「あれ、ナマコだったの？」と思われるのがベスト。ネット上の考察班の皆さん、鋭いじゃないですか。具合を間違えると、それこそただのネタバレになっちゃう。伏線って、バレてしまったら興ざめしますもんね。

血の通った人間として描かれた黒島に感銘を受けて

劇場版は黒島・二階堂のラブストーリーが本当にすばらしくて…。二階堂と黒島が同じ部屋にいるように見える仕掛けを読んだときはしびれましたよ。あの劇場版の2人につなげるためにはと考えて、金ロー版の黒島・二階堂編では、二階堂の男女の話に関する不器用さにフィーチャーできたらと思いました。このエピソードを描くにあたって、黒島ちゃんの狂気がネタバレしているのはだいぶありがたくて。不器用だけど魅力的な二階堂と、かわいくて素敵だけど本当にやばい黒島ちゃんがどうやったらくっつくのかを考えていきました。決して二階堂がただのやばいヤツに取り込まれたように見えてはいけない。黒島はとんでもなく狂気的な面を持っているし、二階堂もある意味やばいかもしれないけど、どこかで通じ合うところがあったんだよというのはここでやっておきたかった。

僕は昔から猟奇殺人に関するノンフィクションを読むのが好きで。ちょうど『扉の向こう』を書いていた頃、『サイコパス・インサイド』というノンフィクションを読んだんですよ。ある医者が脳のCTスキャンを調べて、サイコパスと言われる人たちに共通する脳の特徴を見つけるんですが、自分の脳にも同じ特徴があることがわかって…自分について周りに聞いていくと、やっぱりサイコパスの兆候がある、けれど自分は人を殺していない。同じ要素を持っているのに人を殺す人とそうでない人を分けるのはなにか――という本なんですが。

それを読んでいたこともあって、サイコパス＝人殺し、頭のおかしいヤツ、というイメージをどうにかしたかった。その人にも葛藤があって、自分に抗《あらが》おうとしたという。

ドラマ版を見た方からは、黒島ちゃんはどうしても「結局サイコパスかよ」と言われる可能性があるなと思っていたんです。でもそれには違和感があったんですよ。これまでたくさんの創作物でサイコパスが便利に使われてしまったせいでこうなってしまったとは思うんですが、黒島ちゃん＝サイコパス、頭のおかしい人、だから殺人を犯したんだと簡単に片付けられてはいけないと思った。

福原さんの作ったキャラクターは、みんな血が通っているんです。ちゃんと生きた人間なんですよ。記号的な人は絶対に作らない。それぞれクセがあって、どこにでもいる人じゃない。でもあり得ない人ではない、どこかにはいるかもしれないと思える人たちなんです。

たとえば、細かいところですけど、キャラクターに一人称の揺れがあったりするんです。「僕」と言うときと「俺」と言うときの両方あったりする。それはあえてなんですよね。みんな相手によってとか、シチュエーションによって変えたりするじゃないですか。そういう部分ひとつとっても人間っぽいんです。

黒島ちゃんも、血の通った人間なんですよね。複数の人間を殺すシリアルキラーですけど、「人殺し」の一言で片付けられる人ではない。ちゃんとドラマ版でも人間として造形されている。人を殺すということに対して彼女の中である種の筋は通っているんですよ。共感はできないけれど、もしかしたらギリギリ、少し理解できるかもしれない。ドラマ版の黒島ちゃんのそこがすごいなと思って、『扉の向こう』の黒島ちゃん編はつい熱が入って、30分のところを45分書いてしまいました。

『扉の向こう』で得たもの

金ロー版で久しぶりに『あな番』の人たちを描くのは不安でしたけど、いざ机に向かったら書けました。『扉の向こう』は毎回一人の登場人物をピックアップして描くスピンオフドラマですが、20話のドラマに合わせて18人分のオリジナルストーリーをかなり自由に書かせてもらったんですよ。もちろん本編のキャラクターありきですけど、それぞれのキャラの根っこの部分を書かせてもらったような、1話ごとに一人ずつを造形していく感触があった。人と仲良くなった後に不幸な生い立ちとかひどい失恋話とか聞くと、相手のことを深くわかった気になれるじゃないですか。ああいう感覚に近いかもしれない。20話のドラマ本編と合わせて、それぞれのキャラクターが自分の中に残っていたんだなと思います。『扉の向こう』は本当にかなり好き勝手やらせてもらいました。僕ってすごく飽きっぽいんですよ。だから、毎回ジャンルごと変えてしまうような試みをしたんです。木下さんの回は『情熱大陸』のようなノリにしたり、尾野ちゃんは合間にインタビューが入るタイプの海外のドキュメンタリーみたいな感じにしたり。

Ｔｗｉｔｔｅｒを見ていると、児嶋さんの回、そらくんの回、尾野ちゃんの回の反響が大きかったですね。自分は感動させるものはあまり書けない人間だと思っていたので、そらくんの回で「感動した」という感想を見かけたのには驚きました。一方児嶋さんは「ウッと思った」「ぎゅっとした」とか、尾野ちゃんは「嫌だ」「嫌い」「何こいつ」という反響が多かったんですよ。ポジティブであれ、ネガティブであれ、人の感情に刺さるものはやっぱり届くんだなと思いましたね。いわゆる感動と、「嫌だ」という思いとは、全然違う場所にあるように見えて、同じ階層にあるんじゃないかなと。

これまでの仕事で、最も直しが入らなかったのが『扉の向こう』なんです。自分の書いたものがほぼそのまま作品になった。これはすごくうれしかったし、自信にもなりました。僕、ドラマ『賭ケグルイ』とか映画『映像研には手を出すな』とか、手掛ける作品に漫画原作モノが多いんです。『あな番』への関わり方はちょっと特殊でしたけど、そういった原作モノに近い感覚はありました。原作モノって、映像化するにあたって変えるところ、膨らませるところがある。それを違和感なくやるためには、原作を理解して好きにならないと書けないと僕は思うんです。『あな番』に対しても、向き合い方は同じでした。すばらしい原作があって、その原作の要素を傷つけないように膨らますにはどうするか。そうやって作品に取り組めたのは本当に勉強になりました。

ディテールこそが『あな番』の魅力

『あな番』に携わって、福原さんからはもちろん、秋元さん、鈴間さんからもすごく勉強させてもらいました。ここで学んだことを、脚本を担当している『真犯人フラグ』でどんどん使わせてもらっています。

『あな番』で学んだいちばん大きなことは、ドラマはつくづくキャラクターだなということですね。キャラクターがちゃんとしていないと、凡庸な話しか書けない。キャラクターがしっかりしていると、ディテールの話ができるんですよ。それがそのまま個性、オリジナリティーになるんですよね。

たとえば金ロー版の菜奈・翔太編で翔太と朝男が挙げる「菜奈の好きなところ」って、普通なら「なんで急にそんなこと言うんだ？」と視聴者が思っちゃって、違和感にしかならないと思うんですよ。ステレオタイプなキャラクターだったらこの言葉は言わせられない。でも翔太と朝男だったら言いかねないと思わせられる。

菜奈・翔太編の展開って、プロットにしてしまったらすごく単純なんです。「敵対する二人が話し合って和解する」だけなんですよ。ドラマチックなできごともべつに起こっていない。ぶつかり稽古だって、実は河原で殴り合っているのと変わらないじゃないですか。でもやっぱり福原さんが作ったキャラクターがそれぞれ魅力的でしっかりしていて、だから河原で殴り合うというよく見るシチュエーションを、特殊なぶつかり稽古という形に変換することができる。100万回くらいこすられたような話が、ディテールを詰めることによって、説得力を持ちながらあまり観たことのない物語にすることができる。このディテールこそが、『あな番』の最大の魅力でもあったと思います。

あなたの番です 劇場版

キャスト

原田知世　田中圭

西野七瀬　横浜流星

浅香航大　奈緒　山田真歩　三倉佳奈

大友花恋　金澤美穂　坪倉由幸（我が家）

中尾暢樹　小池亮介　井阪郁巳　荒木飛羽

前原滉　大内田悠平　バルビー

袴田吉彦　片桐仁　真飛聖　和田聰宏

野間口徹　皆川猿時　門脇麦　酒向芳

田中哲司　徳井優　田中要次　長野里美

阪田マサノブ　大方斐紗子　峯村リエ

竹中直人　木村多江　生瀬勝久

*

スタッフ

企画・原案：秋元 康　脚本：福原充則　監督：佐久間紀佳　音楽：林ゆうき　橘 麻美
主題歌：Aimer「ONE AND LAST」（Sony Music Labels）

製作：沢 桂一　山田克也　松岡宏泰　藤本鈴子　高津英泰　佐藤政治　秋元伸介　小泉 守
エグゼクティブプロデューサー：伊藤 響　福士 睦　三上絵里子
プロデューサー：鈴間広枝　松山雅則　櫛山 慶
撮影：宮﨑康仁　照明：谷本幸治　DIT：錦織健三　録音：小松﨑永行　記録：吉丸美香
美術プロデューサー：高野雅裕　美術デザイン：樫山智恵子
VFXスーパーバイザー：小坂一順　編集：山中貴夫　カラーグレーディング・オンライン編集：上杉真悟
選曲：長澤佑樹　助監督：瀬野尾一　制作担当：田村豊
製作幹事：日本テレビ放送網　制作プロダクション：トータルメディアコミュニケーション　配給：東宝
製作：日本テレビ放送網　東宝　バップ　読売テレビ放送
トライストーン・エンタテイメント　Y&N Brothers
トータルメディアコミュニケーション／STV MMT SDT CTV HTV FBS 日本テレビ系全国21社

秋元 康

あきもと・やすし

1958年、東京生まれ。作詞家。東京藝術大学客員教授。高校時代から放送作家として頭角を現し、『ザ・ベストテン』など数々の番組構成を手がける。1983年以降、作詞家として、美空ひばり『川の流れのように』をはじめ、AKB48『恋するフォーチュンクッキー』、乃木坂46『シンクロニシティ』や欅坂46『黒い羊』など数多くのヒット曲を生む。2008年日本作詩大賞、2012年日本レコード大賞“作詩賞”、2013年アニー賞：長編アニメ部門“音楽賞”を受賞。

テレビドラマ・映画・CMやゲームの企画など、幅広いジャンルでも活躍。企画・原作の映画『着信アリ』はハリウッドリメイクされ、2008年1月『One Missed Call』としてアメリカで公開。2012年には『象の背中』（原作）が韓国JTBCでテレビドラマ化されている。2017年オペラブッファ『狂おしき真夏の一日』でオペラ初演出。2020年、自身初となる作・演出の歌舞伎公演（市川海老蔵出演）を手がけた。

福原充則

ふくはら・みつのり

1975年、神奈川県生まれ。脚本・演出家。2002年にピチチ5（クインテット）を旗揚げ。その後、ニッポンの河川、ベッド&メイキングスなど複数のユニットを立ち上げ、幅広い活動を展開。深い人間洞察を笑いのオブラートに包んで表現するのが特徴。2018年、『あたらしいエクスプロージョン』で第62回岸田國士戯曲賞を受賞。舞台代表作に、『その夜明け、嘘。』、『サボテンとバントライン』、『俺節』、『忘れてもらえないの歌』、『七転抜刀！ 戸塚宿』、『衛生』、『あくと』などがある。また、『墓場、女子高生』は、高校演劇での上演希望も数多く、全国各地で上演が繰り返されている。近年の活躍はテレビから映画まで多岐に渡り、テレビドラマの脚本では、『占い師 天尽』（CBC）、『視覚探偵 日暮旅人』（NTV）、『まかない荘1・2』（メ〜テレ）、『極道めし』（BSジャパン）、24時間テレビ ドラマスペシャル『ヒーローを作った男 石ノ森章太郎物語』（NTV）他多数、映画では『琉神マブヤー THE MOVIE 七つのマブイ』、『血まみれスケバンチェーンソー』シリーズなどがある。2015年『愛を語れば変態ですか』では映画監督としてもデビューした。

脚本を担当する新作は『逃亡医F』（2022年1月スタート・日本テレビ系）

http://www.knocks-inc.com/

あなたの番です 劇場版

2021年12月28日　第1刷発行

著者
秋元 康　福原充則

発行者
大山邦興

発行所
株式会社飛鳥新社
〒101-0003 東京都千代田区一ツ橋2-4-3光文恒産ビル
電話03-3263-7770（営業）/03-3263-7773（編集）
http://www.asukashinsha.co.jp

印刷・製本
中央精版印刷株式会社

ブックデザイン
鈴木成一デザイン室

DTP
北村加奈

編集協力
恒吉竹成（ノックス）

編集担当
内田 威

ライター
釣木文恵

出版プロデューサー
将口真明　飯田和弘　齋藤里子（日本テレビ）

落丁・乱丁の場合は送料当方負担でお取り替えいたします。小社営業部宛にお送りください。
 ISBN978-4-86410-862-1
JASRAC 出 2110449-101